迷うことについて

レベッカ・ソルニット

東辻賢治郎 訳

A Field Guide to Getting Lost

Rebecca Solnit

左右社

迷うことについて

迷うことについて—目次

第 1 章

開け放たれた扉

Open Door

はじめて酔った酒は八歳くらいのとき、ユダヤ教の過越《すぎこし》の祭日に預言者エリヤに供えられていたワインだった。過越の祭では、ユダヤ人のエジプトからの脱出を祝してこの預言者を家に迎える。わたしは大人のテーブルに着いていた。我が家ともうひと家族、あわせて五人の男の子がいて、わたしは子どもたちに仲間はずれにされるより、大人に放っておかれるほうがましだろうと親たちは考えたのだった。赤とオレンジ色のテーブルクロスの上にグラスや大小の皿、銀食器や燭台が雑然と並んでいた。ルビー色の甘いワインが注がれた自分用の小さなグラスと取り違えて、わたしはそばにあった預言者のためのグラスを飲み干してしまった。しばらくして母が様子に気づいたようだった。わたしは体をゆらゆらしながらにこりとしてみせたけれど、それをみた母の形相が変わったので、その後はほろ酔いの演技をやめて素面《しらふ》の振りをしていた。

母は信仰を捨てたカトリックで、もうひと家族の奥さんは元プロテスタント、夫たちは二人ともユダヤ教徒だった。子どもたちのためには慣わしどおりにするのがよい、母たちはそう考え、過越の祭ではワインの杯がエリヤに捧げられることになった。伝承によっては、エリヤは世の終末に地上に再臨し、あらゆる答えなき問いに答えるといわれている。あるいは、襤褸《ぼろ》をまとって地上をさまよい、学者の難しい問いに答えてまわるのだともいわれる。その晩、さまざまな決まり事をちゃんと守って、彼を迎えるために扉を開け放していたかはよく覚えていない。けれどその牧場風《ランチスタイル》の家のオレンジ色の玄関扉だったか、あるいは裏庭に向いたガラスの引き戸の一枚だったかが、小さな谷間の春の夜気に向けて開け放たれている光景をはっきりと思い描くことができる。

普段、わたしたちは扉に鍵をかけて生活していた。とはいえ、郡でいちばん北に位置するこの土地では、通りをやってきそうなものといえば早朝のアスファルトにコツコツ足音を響かせるシカや、灌木に潜んだアライグマやスカンクといった野生動物くらいだった。開け放たれた扉、預言者、世の終わりといったことは普段とは違う、胸の騒ぐことだったと思う。その晩ワインがみせてくれた世界がどんなものだったかも、わたしは覚えていない。ひょっとしたら、頭上で交わされる会話に取り残されていることが心地よかったのかもしれない。あるいは、このほどほどのサイズの惑星の上で小さな体が不意に重力を感じる、その鮮やかな感触に驚いていたのかもしれない。

未知へ向けて扉を開いておくこと。暗闇への扉を。いちばん大切なものはそこからやってくる。わたしたち自身もまたそこから来て、いつか出てゆく。三年前にロッキーの山中でワークショップを開いたとき、ある学生が、ソクラテス以前の哲学者メノンのものだという言葉を携えてきた。いわく「それがどんなものであるかまったく知らないものを、どうやって探求しようというのでしょうか」。そのときに書き留めて以来、この言葉はどこに行ってもわたしについてくる。

この学生は水中の泳者を捉えた半透明の大きな写真を制作し、天井から吊り下げて上から光を当てた。写真の間を歩くと泳者の影が自分の体に映っては消え、その場が水のなかに変わったような不思議な気がした。彼女の持ってきた問いは、人生における基本的な指針の問題としてわたしに響いた。わたしたちは変化の先にあるものを知らないか、あるいは知っていると思っているだけなのに、変容のきっかけを欲しがっている。愛、知恵、恩寵、霊感といったもの、いわば自我の境界を未知の領域へ押し広げ、自分ではない誰かになってゆくような、そんなものをいったいどうやって探し求めればいいのか。

いうまでもなく、あらゆる芸術家にとっては未知のもの、すなわちアイデアであれ、フォルムであれ、物語であれ、未だ到来していないものこそが探求の対象となる。扉を開いて、預言者を、つまり未知なるもの、見知らぬものを招来するのが芸術家の務めだ。それを我がものにするための長く厳しい過程の始まりに過ぎないとはいえ、その扉から訪れるものこそが彼らのわざだ。科学者もまた。「いつでも〈不可思議の際《きわ》〉に、未知との境に生きよ」とロバート・オッペンハイマーは語った。しかし科学者が漁師が網を引き上げるように未知を既知へ変えてゆく一方、芸術家はわたしたちを暗い海へと引きずりこむ。

エドガー・アラン・ポーが述べている。「哲学的探求のあらゆる経験が教えること、それは、その種の探求ではたいてい予期できぬ物事にもとづいて推算をせねばならないということだ」。ポーは「推算」という事実や計測の冷徹な計上を意味する言葉と、「予期できぬもの」という、計測も計上もできない、ただ到来を待つほかないものを意味する言葉をあえて並べている。では、どうやって予期できぬものにもとづいて計算するのか。それは、予め知ることのできないものの働きを認めること、思いがけぬ事態のなかで自分のバランスをたもつ術、偶然と手を携えること、あるいは、世界は本質的に謎を備えていて、それゆえに計算や計画や制御には限界があるということを理解することだろう。未知にもとづく計算という、矛盾と呼ぶほかない試みこそ、おそらくわたしたちが人生でもっとも求められることとなのだ。

一八一七年の真冬、詩人ジョン・キーツは友人たちと語らいながら家路をたどっていた。その夜は後世にも記憶されるものとなる。「そうして、わたしの心のなかでいくつもの物事がぴたりと符合してはたと気がついた。偉大な達成、とりわけ文芸の偉業を成し遂げる人間をつくりだしてきた資質、……それは消極的能力《ネガティブ・ケイパビリティ》なのだ、つまり、いたずらに事実や合理を追い求めないで、不確実な状況や謎や疑いのうちにとどまっている能力なのだと」。この考え方は、「未詳の土地《テラ・インコグニタ》」と記された古地図の領域のように、さまざまな場面で繰り返し浮かび上がってくる。

「街で道がわからなくなるのは面白くもないありふれたことだろう。必要なのは無知であること、それだけだから」と、二十世紀の哲学者・随想家ヴァルター・ベンヤミンはいう。「しかし、街に迷うこと――ちょうど森で自らを見失うように――には、かなり別種の修練が求められる」。迷うこと。官能にみちた降伏。抱《いだ》かれて身を委ねること。世界のなかへ紛れてしまうこと。外側の世界がかすれて消えてしまうほどに、その場にすっかり沈み込んでしまうこと。ベンヤミンの言葉に倣えば、迷う、すなわち自らを見失うことはその場に余すところなくすっかり身を置くことであり、すっかり身を置くということは、すなわち不確実性や謎に留まっていられることだ。そして、人は迷ってしまうのではなく、自ら迷う、自らを見失う。それは意識的な選択、選ばれた降伏であって、地理が可能にするひとつの心の状態なのだ。

どんなものかまったくわからないもの。探さねばならないのはたいていそんなものだ。その探求は迷うことに通じている。「失われた」「迷った」〔lost〕という言葉は、古ノルド語で軍隊の解散を意味する言葉〔los〕に由来している。この由来は隊列を離れて故郷へ向かう兵士や、外界との暫時の休戦を思わせる。わたしの気にかかるのは、多くの人は自らの軍隊に解散を命じることがまったくない、つまり自らの知ることを越えてどこかへ出てゆくことがないのではないか、ということだ。広告、喧しいニュース、テクノロジー、休息を知らぬ忙《せわ》しさ。そうした状況に加担する公私の空間のデザイン。郊外で野生動物がふたたび姿をみせるようになった、という最近目にした記事には、雪の積もった裏庭のいたるところに動物の足跡は残っているが、子どもが遊んだ跡はまったくないのだと書かれていた。動物たちからすれば、そうした郊外住宅地は放棄された土地のように気ままに闊歩できるというわけだ。

そしてきわめて安全な場所であっても子どもたちが自由に出歩くことはほとんどない。身の毛もよだつような事態が振りかかるのではないか、と両親が恐れるがゆえに（その不安は現実化することはあるが極めて稀だ）、子ども時代に何気なく経験してゆく輝くような体験は失われる。わたしの場合、子ども時代にあてもなく出歩くことは独り立ちの助けになっていたと思う。方角の感覚を身につけ、冒険を知り、想像力を養い、探検への意志を育て、少しばかり道に迷った後で帰り道をみつけだせるようになった。そうした年代の子どもを家に閉じ込めていると、いったいどうなってしまうのだろうかと思ってしまう。

メノンの問いに出会ったロッキーの夏、学生たちと一緒に、わたしは初めて訪れた風景のなかを歩いた。ハコヤナギの白い幹の間に、膝ほどの高さに育ったやわらかい草木が、緑色をした羽根や菱形や波形の模様のような葉を伸ばし、その茎が微風のなかで白と紫の波のように揺れていた。熊にとって大事な意味をもつ川へ小道はつづいていた。わたしたちの一行が戻ったとき、小道の起点によく焼けた褐色の肌をした女性が佇んでいた。十年前に少しだけ会ったことのある人だった。驚いたことに彼女はわたしに気がつき、わたしも彼女のことを思い出した。この再会で彼女と友人となったのは幸運だった。サリーは長らく山岳捜索救助隊に所属していて、その日、道の出発点にいたのも彼女のいつもの業務、つまり道に迷ったハイカーの捜索の一環だった。たいていは姿がみえなくなったあたりにひょっこり現れるのだという。無線を聞きながら、そんな迷子のパーティーが通りそうな道を見張っていたところに、わたしが現れたというわけだった。皺くちゃの布のように尾根と谷が入り組んでいるロッキーの一帯は、いとも簡単に迷ってしまう一方で、多くの谷底に道路が通っているのでそこまで歩いて脱出することもそれほど難しくない。山岳救助のボランティアである彼女たちにとっても救助活動は毎回が未知への旅だ。感謝でいっぱいの遭難者をみつけることもあれば死体を発見することもあり、すぐにみつかることもあれば、何週間もの集中捜索の末にようやくみつかることもあり、迷子がついにみつからず、迷宮入りになってしまうこともある。

　その三年後にもう一度山にサリーを訪ねて、人が迷うことについて聞くことにした。わたしたちは大陸分水界〔北米大陸を縦断し太平洋、大西洋に水系を区分する分水嶺〕に沿って歩いた。高度一万二千フィートから登る、森林限界上の高山ツンドラをゆく縦走路だった。登るにつれて視界が全周に開け、つまみ縫いした縫い目みたいな山道のまわりに、青く切り立った山々の稜線をぐるりと縫いつけたような世界が広がった。大陸分水界という呼び名は、水が両側の大洋へ流れ下ってゆくさまを、大陸を縦断して走る山々の尾根を想像させ、それを起点に延びてゆく座標の軸を思わせる。それを肌身に感じるかはともかく、きわめて抽象的な意味で自分がどこにいるかを考えさせる。いつまでも高みを目指して歩いていたかったけれど、雲が大きくなって雷鳴が聞こえ、長々と伸びる稲光がみえるようになり、サリーは引き返す決断をした。下山の道すがら、印象に残っている救助活動について尋ねてみたところ、そのひとつに落雷で命を落とした男性の話があった。この山中ではそれほど珍しくないとのことだった。だからこそわたしたちは山頂をあきらめて下りを急いでいたというわけだ。

次に語ってくれたのは迷子になった十一歳の男の子のことで、この子は命にもかかわる難病の変性疾患のために耳が聞こえず、視力も失いつつあった。カウンセラーが引率する遠足キャンプに参加して、ほかの子といっしょにかくれんぼをしていたところ、かくれるのが上手すぎたのか日が暮れてもみつけらず、ひとりで戻ってくることもなかった。要請が入り、捜索救助隊は暗闇のなかへ出動した。沼の多い一帯に向かいながら、サリーは凍えるような冷え込みのために生きてみつからないかも知れないと恐れていた。くまなく捜索するうちに夜明けを迎え、ちょうど日が昇ろうというころ、笛の音に気がついた。音のする場所へ駆けつけてみると男の子が震えながらホイッスルを吹いていた。サリーは彼を抱き締めて、自分の着ていたものをあらかた脱いで男の子を包んだ。この子の判断はすべて正しかった。川の音にまぎれて引率者の耳には届かなかったけれど、彼は日が落ちるまでホイッスルを吹きつづけ、その後は倒木の間に丸くなって休み、夜明けとともにふたたびホイッスルを鳴らした。まぶしい笑顔をみせる男の子を前に、みつけたサリーは涙を止められなかった。

半数かそれ以上は怪我や立ち往生した人の救援だが、救助にあたる人びとはかねてから捜索の技術を培い、道迷いの研究を行なってきた。文字どおりの迷子について今日わかっていることは、単純には以下のようなことだ。迷子になる人は迷いそうなときに注意力を働かせておらず、帰り道がわからなくなった時点でどうすればいいのかわからなくなってしまうか、道がわからないこと自体を認めようとしない。天候やルートや経路沿いの目印、引き返したときみえるはずの景色、太陽や月や星からわかる方角、水の流れる向きや、そのほかのたくさんの野生の自然を読解可能なテキストへ変える手がかりがあり、それに関心を払う技術がある。遭難者の多くは、地球に書かれたそうした言語を読む術を知らないか、足を止めて読み取ろうとしない。それに加えて見知らぬ環境で緊張を解き、いたずらなパニックや苦痛を招かず、迷っている状態に自分を馴染ませるというまた別の技術がある。この能力はキーツのいう「不確実な状況や謎や疑いのうちにとどまっている」能力からそれほど隔たったものではないはずだ。(ピザの出前のように気安く救援を要請するようになった昨今では、携帯電話やGPSがこの能力の代用になりつつあるが、電波が届かない場所もまだ多い)。

ロッキーのこの辺りでは猟師が迷ってしまうことも多い。夫と経営する農場の、動物や家族の写真で囲まれたデスクに座ったサリーの友人ランドンがそう教えてくれた。猟師は獲物を追ってトレイルを離れることがよくあるからだ。たとえばあるシカ狩りの猟師が周囲を見渡した高みは、真反対の方角の山並みがまったく同じ形にみえるような場所だった。樹木の陰になって山並みの一部しかみえなかったので、この猟師は逆方向を目指して移動してしまった。次の尾根、その次の尾根が目指す場所に違いない、と自分にいい聞かせながら彼は丸一昼夜歩きつづけ、疲労困憊して体を冷やし、低体温症の幻覚による暑さから服を脱ぎ捨てながら歩いた。発見地点までの最後の数マイルは点々と捨てられた衣類を辿ることができたそうだ。子どもは迷うのが上手だとランドンはいう、「生き延びる秘訣は、自分が迷子だと知ることだから」。子どもは遠くまではぐれてしまわないし、夜になればその辺に身を寄せて丸くなっているし、自分が助けを必要としていると知っているのだと。

自然のなかで必要となる古来の知恵や本能に加えて、夫がもっている不思議な勘についてランドンは語った。それは彼女が身につけたナビゲーションや追跡やサバイバルの実際的な技術に劣らないものだという。あるとき冬山歩きをしていた医師が突然のホワイトアウトで道を見失ったが、ランドンの夫は言葉では説明できない直感に導かれてスノーモービルを運転して、まさに凍えた遭難者のいる場所まで辿りつくことができた。山道から離れ、雪に覆われた草地を横切った場所だった。農場の農夫のひとりがいうには、遭難者に呼びかけの声を上げることもせず雪の夜に静かに出動していった奇妙な捜索活動もあった。ランドンの夫は行くべき場所がわかっていたので呼びかける必要がなかったのだ。彼は岩棚のへりで足を止め、その下で立ち往生していたスキーヤーをみつけた。遭難したこのスキーヤーは川の流れを辿ろうとしていた。このテクニックはうまくゆくことも多いが、このときは連続する滝や急流に阻まれてしまったのだ。岩棚の下で進めなくなり、膝までセーターにくるまっていた。濡れたセーターが凍りつき、ほとんど割るようにして脱がせなければならなかったという。

わたしが手ほどきを受けたアウトドアマンは、ちょっとした遠足であっても、いかなるときも雨具や水やその他の備えを携行すべきで、計画には変更がつきもので、天候について唯一確かなのは変化するということだと教えた。わたしが学んだスキルは特別なものではない。街や山やハイウェイで道がわからなくなったとき、あるいは自然のなかで迷ったとき、わたしは未知との境に触れて研ぎ澄まされる感覚を味わう以上に深入りすることは決してしないような気がする。わたしが好きなのは進むべき進路を離れて、自分の知っている範囲から出てみること、地図と合致しないコンパスの針や、出会った人のてんでばらばらな指南を材料にして別の道をみつけ、おまけの何マイルかを帰ってくることだ。誰ひとり知る人のいない西部の町のモーテルでひとり過ごす夜、誰にも居場所を知られずに、壁にかけられた奇妙な絵や、花柄のベッドカバーやケーブルテレビに囲まれて、自分のバイオグラフィーを生きることから束の間の猶予をもらう、ベンヤミンに倣っていえば自分の居場所を知りつつ迷子になっている、そんな夜。歩いて頂きを越え、あるいは車でカーブを曲がりながら、ここはみたことのない場所だとひとり思うとき。自宅にいるときでも、何年ものあいだ心にも留めなかった建物のディテールや通りの眺めが、わたしはこの場所のことを本当は何も知らないのだ、と語りかけてくるとき。さまざまな物語がわたしに見失っていた近所の景色や墓地や生き物に気づかせ、慣れ親しんだものをふたたび見知らぬものに変えてゆくとき。まわりのものすべてを拭い去ってしまうような会話。その日の気分や振る舞いのすべてに影響していたのだと後からふと思い至るような夢。そんな風にしてふと迷子になる瞬間は、道をふたたびみつけるための、あるいは別の道をみつけだすための出発のように思える。でも迷い方はそれだけではない。

十九世紀のアメリカ人は、遭難者や死体を救助隊が捜索しなければならないようなひどい迷い方は滅多にしなかったようだ。道迷いの事例を調べてみたところ、スケジュールに追われることもなく、おかれた土地で生きる術を知り、歩き方を知り、天体や川の流れやいい伝えによってまだ地図のない土地で進路を見出すことができた者にとって、一日や一週間くらい予定のコースを外れることはたいした事件ではなかった。「これまで森のなかで迷子になったことはない」と、ダニエル・ブーン〔十八〜十九世紀の米国の開拓者・探検家〕は語っている。けれど「三日ほどよくわからなくなっていたことはある」。ブーンにとって、この区別は正当なものだ。なぜならその後で自分の居場所のわかるところへ戻ることができ、その間にすべきことも彼にはわかっていたから。

ルイス・クラーク探検隊においてサカジャウィアという名のショーショーニー族インディアンの女性が果たした役割は有名だが、その貢献の最たるものは道案内ではなく、進路を見失った一行に生き延びる術を教えたことだった。野草や言語の知識によって。あるいは先住民の一団と遭遇したときに、乳児を抱えた彼女の存在を通じて、一行の目的が戦いではないと伝えること、そしておそらく、すべてを自分の家、あるいは誰かの家のように受け容れた彼女の感受性によって。数多くの白人の偵察隊や猟師や探検家もまた、彼女と同じように、未知のものに囲まれながら我が家にいるようにくつろぐことができた。馴染むことのできない場所はあったにせよ、多くの場合は原野こそ彼ら自身が選んだ家だったからだ。

歴史家アーロン・ザックスは、わたしの疑問にこう答えている。「探検家が目指すのはいままで行ったことのない場所ですから、いつでも迷っているようなものです。彼らは自分たちの居場所が正確にわかるとは思っていませんでした。とはいえ多くの者は装備の運用に熟達していて、十分な精度で進路を把握していました。自分たちが生き延びることができ、進むべき道がみつかるだろうという楽観的な態度こそ、彼らのもっとも重要なスキルだったのではないかと思っています」。迷子とはおよそ精神の状態なのだ、いろいろな人と話してわたしはそう理解した。これは山奥で足を棒にすることだけでなく、あらゆる抽象的な、あるいは隠喩的な意味での道迷いにも同じことがいえるのではないか。

ならば、いったいどう迷えばいいのか。まったく迷わないのは生きているとはいえないし、迷い方を知らないでいるといつか身を滅ぼす。ゆたかな発見にみちた人生はその隙間に横たわる未詳の土地《テラ・インコグニタ》のどこかにあるはずだ。アーロン・ザックスは返信のなかにソローの一節を引いていた。ソローにとっては人生も原野も意味の世界も、そこで進むべき方角を見出すことにおいてはひとつのおなじ営みであり、綴られた言葉もなにげなくその間《あわい》をうつろっている。「森で迷うことはいつでも驚きにあふれていて、忘れがたく、かけがえのない経験だ」と『ウォールデン』にある。「すっかり迷子になったりぐるりと回ってみたりして、というのはこの世界で迷子になるには目を閉じてその場でぐるぐる回るだけでよいからだが、そうしてはじめて、わたしたちは自然の広大さと不可思議さを知る。迷子になる、つまり世界の手掛かりを失って、はじめてわたしたちは自分自身を探しはじめる。そして自分がどこにいるかを理解し、自分をとりまく無限の関係性の広がりに気がつく」。ソローが触れているのは、魂を失って全世界を手に入れることは果たして得かどうか、という聖書的な問い掛けだ。全世界を見失うがよい、とソローはいう。そのなかに迷いながら自分の魂を見出すのだ、と。

「それがどんなものであるかまったく知らないものを、どうやって探求しようというのでしょうか」。メノンの問いを抱えて何年か過ぎ、八方塞がりになっていたころ、ぽつぽつと、物語を携えて訪れる友人がいた。彼らは、答えではないとしてもわたしの里程標や手掛かりをくれたような気がする。メイはなんの前触れもなく、厚手の紙に太いまるまるとした文字で書き写したヴァージニア・ウルフの長い一節を送ってきた。母にして妻であるひとりの女性が過ごす、ある一日のおわりを綴った一節。

ようやく、彼女は誰のことも心配しなくてよかった。彼女自身に、自分ひとりになれた。これこそが自分に必要だとつねづね思っていたこと、物思いにふけること。いや、なにかを思うことでさえない。静かに、ひとりでいること。あらゆる人びとも、することも、めざわりなもの、きらびやかなもの、にぎやかなものも霧のように消えた。そして、厳粛な気持ちで自分自身へ縮みこんで、他人にはみえない、楔形をした暗闇の芯になっていった。背を伸ばして座ったまま編み物をしながら、自分をそんなふうに感じていた。そして、この係累を振り払った自分というものは、どんな奇妙な冒険にも自在に飛び出していった。束の間、人生のあれこれがどこかへみえなくなり、経験が無限の可能性をもっていると思える瞬間。……その下には果てしなく深い、一面の暗闇が広がっている。でも、わたしたちはときどき水面に浮き上がる。それがわたしの姿としてみられるのだ。彼女には、その地平線が無限につづいているようにみえた。

この『灯台へ』の一節は、歩くことについて書かれたウルフの文章と響き合うものがあった。

晴れた夕方の四時から六時くらいに家から足を踏み出すとき、わたしたちは友人が知っているような自分を脱ぎ捨てて、洋々とした匿名のさまよい人の群れに加わる。自分の部屋で独り過ごしたあとでは、彼らのつくりあげる社会はとても心地いい。……その一人ひとりの人生に、わたしたちはほんの少し身を浸すことができる。自分はただひとつの精神に縛りつけられているわけではない、二、三分の間であれば他人の心身に扮装していられるのだ、という幻想を抱くにはそれで充分だ。

ウルフにとって迷子になることは地理というよりはむしろアイデンティティや激しい欲望にかかわること、名を捨てて誰か別の人になりたい、あるいは自分自身を、他人の目に映る自分を思い出させる首枷を脱ぎ捨ててしまいたいという切実な願いにかかわることだった。自我が溶解するようなこの種の感覚は、異国や僻地に身をおいた旅行者にはおなじみではあるが、意識のわずかな揺らぎにも敏感だったウルフは、通りを歩くとき、あるいは肘掛け椅子で過ごす束の間の孤独にそれを感じ取っていた。彼女はロマン主義者ではなく性愛に迷い込むことをよしとはしなかった。つまり出番を待って何年も地中に潜んでいる、セミの幼虫のように隠れて眠っている本当の自分を愛する人が誘い出してくれる、そんな愛とか、他者に向けられた愛でありながら、他者の謎のうちに匿まわれた自分自身の謎に安住していたいという欲望でもある、そんな愛に迷うことではなく、ソローのようにただひとりで迷うこと、それがウルフにとって迷子になることだった。

友人のマルコムはなんの脈絡もなしに中北部カリフォルニアのウィントゥ族を話題にあげた。彼らは自分の体の部位を指すときに左右ではなく東西南北の方位をつかう。わたしはウィントゥの言葉づかいと、その背景にある文化の想像力に魅了された。自分はまわりの世界との関係によってのみ存在していて、山や太陽や空なしには自分もまた存在しない。「ウィントゥが川を遡るとき、丘は西に、川は東にあり、蚊が西の腕を刺した。帰り道、丘はやはり西にあるが、蚊に刺されて痒いのは東の腕だ」（ドロシー・リー）。そんな言葉の世界で自我が迷うことはありえない。すくなくとも原野で迷子になる現代人のように方角を見失い、来た道ばかりか地平線や光や星空といった自分をとりまくものとの関係まで忘れてしまうことはない。けれどウイントゥのような言葉に生きる者は、自分がつながるべき世界がなければ、たとえば現代の地下鉄やデパートメント・ストアのように世界から棚上げされた場所では迷子になってしまうかもしれない。ウィントゥにとって確かなのは揺るぎない世界のほうであって、自分はそこに寄り掛かる不確かな存在にすぎず、切り離されてしまえば無いも同然なのだ。

これほどはっきりとした場所と方角の感受性があるとはそれまで聞いたこともなかった。そしてこうした方向感覚を胚胎した言語は失われかけている。十年前、ウィントゥ語話者は六人から十人ほどだった。自分に左右があると思い込んでよいほど自分は自律した存在ではない、そんな自我を抱える言語を流暢に話すことができたのは、そのうちの六人だった。北ウィントゥ語に堪能だった最後の話者フローラ・ジョーンズは二〇〇三年に亡くなった。しかし、そう教えてくれたマット・ルートからのメールには、三人のウィントゥ族と近くのピットリバー族がひとり「古いウィントゥの俗語と発音の一部を受け継いでいる」とあった。マット自身も学習しながらこの言葉の蘇生を望み、人びとが「自分たちの言葉を通じて過去とつながっていくこと」を願っていた。「わたしたちウィントゥの世界観はほんとうに独特なものです。このユニークさはわたしたちが住んでいた場所と結んでいた親密な関係なしにはありえない。人びとがふたたび土地や文化や歴史とのつながりを回復してこそ、強制移住や虐殺の深い傷を癒やすことができると思っています。いま言語を失うことは、まさにそうした悲劇の繰り返しになってしまいます」。消滅に瀕する百のカリフォルニア先住民の言語に触れた最近の記事では、こう述べられている。

こうした言語の多様性は生態系の多様性に関係しているという見方もある。人びとは言葉を生態学的地位に適用するので、多様性に富むカリフォルニアの生態系は言語的多様性の土壌にもなってきたというわけだ。この仮説を裏付けるように、地図上で動植物種がゆたかな地域では言語の数も多い。

かつてウィントゥの人びとは知悉した領域にぴったりと馴染み、迷うこととは無縁の暮らしをおくっていた――そんな想像をしたくなるところだが、彼らの北側に住むピットリバー〔アチョマウィ〕族をみるとそうではなかったようだ。ある日のこと、わたしはパフォーマンスを見物しようと友人たちと都心の公園で待ち合わせたが人込みに紛れて会うことができず、なにげなく覗いた古本屋で一冊の古書をみつけた。そのなかに、スペイン系の無頼漢で人類学者にして作家であるジェイム・デ・アングロの文章があった。彼はいまから八十年前、長期にわたってこれらの部族と生活をともにしている。

ピットリバー族インディアンにみられる興味深い現象を紹介したい。それは、英語におきかえれば「さまよう」という意味の言葉で呼ばれている。たとえば、ある男のことを「彼はさまよっている」「あいつはさまよいはじめた」などという。精神的になんらかの負荷がかかって、住み慣れた環境が堪えられなくなるということのようである。そうなると彼はさまよいはじめる、つまり山野をあてもなく移動するようになる。友人や親類の宿営を点々としながら移動をつづけ、二、三日を越えて一所にとどまることはない。心痛や悲しみや憂いを顔に出すこともない。……男でも女でもさまよい人となれば人里には近寄ろうとせず、山頂や谷底などの寂しく人跡のない場所を移動しつづける。

こうしたさまよい人からそれほど遠くないところにウルフもいる。彼女もまた絶望に触れ、仏教者が無有――存在しなくなること――と呼ぶものを切望し、それに導かれるようにしてポケットいっぱいに小石を詰めて川底へ歩を進めた。そこには迷ってしまうことではなく、自らを失うための試行がある。

デ・アングロは、さまようことは死に至ることもあるし、希望や正気の喪失、あるいはさまざまな形の絶望へ至ることもあるとつづけている。さらに、さまよい人が向かう僻地にはまた別種の力がひそんでいることもあるという。「人が徐々に野の存在になってゆくと、ときとして何かがあちら側から様子を伺いにやってくる。そんな存在がさまよい人を見初めてしまうことがある。彼の寒さや苦しみのゆえではなく、ただ彼の姿がそれを惹きつけてしまうのだ。そうなるとそのインディアンのさまよう日々は終わり、彼はシャーマンになる」。迷ってしまいたいと願うゆえに迷う。しかし、迷う者を引き寄せる場所には不思議な存在が潜んでいる。「すべての白人男はさまよい人だ、と老人たちは語った」、そうデ・アングロの書籍の編者はつけくわえている。

そんなふうにして次々に降りかかる物語を浴びつづけていたころ、朗読をする機会があった。会場のバーは、サンフランシスコ半島の北面を削って埋め立てた数ブロック分の市街地の通りにあった。以前は海に面していたはずの一帯だ。大雨で結末を迎える話と海をモチーフにした短編を朗読して飲み物をとりにいくと、カウンターにいたキャロル――朗読に誘ってくれた人の妻――が隣のスツールを指して手招きしていた。いろいろあって夫妻の長年の隣人であるタトゥー・アーティストの話になった。何十年もずっとジャンキーだったその男は、しまいに手の注射痕から命にかかわる感染症にかかって病院に担ぎこまれた。医師はその腕を切らざるを得なかった。右腕、つまりそのタトゥー・アーティストの利き腕だった。ところが、死の淵をさまよう長い療養のあとで医師が告げたのは、薬物中毒も完治したという本人も驚きの宣告だった。彼は商売道具を切り取られて病院を放り出されたが、待っていたのはすっかり薬の抜けた、ゼロから始める生活だった。生み落とされたときのように、だしぬけに、抗えない力によって世界へ放り出されたのだ。利き腕に長々と彫られていた龍は、首から上を残してぽっかりと消えてしまっていた。

そのバーからわたしが車で送っている間、友人のスージーは目隠しをして天秤をもった正義の擬人像が本当に意味しているものについて話した。彼女は自分でタロットカードを描きながら一枚一枚の新たな意味を考えていた。古代の伝承に関する本をめくれば、正義の女神は冥府の入口に立って誰がそこを通るのか判じるのだと書いてある。そこを通ることは、苦痛と冒険と変身という向上への階梯を登るべく、自己の変容という報いを求めて試練の道のりを歩むべく選ばれることだと。そう思うと地獄行きの印象も変わる。その教えは、正義のはたらきは思っているよりもはるかに込み入った不可解なもので、世の終わりにすべての清算が行なわれるとしても、その訪れは期待よりもはるかに遠く、予見することなどほとんど不可能だということだ。そして安楽に留まっていることは落伍にもなりうるのだということだ。地獄へ落ちるべし、されど、落ちて留まることなく、反対側から出てくるべし。結局スージーは正義の絵柄として焚き火を囲むグループの絵を描いて、正義とは旅で互いに助けあうこと、と書き添えた。また別の晩にスージーのパートナーのデヴィッドが教えてくれたのは、彼が会ったあるハワイの生物学者のことだった。その生物学者は新種をみつけるために熱帯雨林でわざと迷うのだという。鬱蒼とした葉叢と厚い雲の下ならばウィントゥの暮らす高原よりもずっと簡単にそれができるのだ。

デヴィッドはもう何年もハワイの熱帯雨林などで絶滅危惧種の写真撮影をつづけている。その写真のコレクションはスージーのタロットカードとどこかでつながっているような気がした。生物が消えるのはその生息地が消えるときだ。だからデヴィッドはどこでもない真っ黒な背景の前で撮影していた（これはときに厄介な環境で黒いベルベットの背景幕を設営する苦労を伴う）。そのため動物も植物も暗がりのなかにかしこまった肖像写真のように佇んでいる。その写真もまた、世界というひと山のカードから取り出されたタロットカードのようにそれぞれの物語を語ろうとしている。一枚一枚が世界に存在することについて語りかける、ひと組の可能性の束。そこからカードが一枚、また一枚と抜き捨てられてゆく。動植物は言葉でもある。剪定され飼い馴らされたわたしたちの英語でも、子どもが育つさまを「草のように」〔grow like weeds〕といい、何事もなく切り抜けることを「バラの香りをさせて」〔come out smelling like roses〕といい、市場には牛と熊がいて〔相場の強気、弱気のこと〕、政治には鷹と鳩がいる。動物と植物の世界もまた、タロットカードのように一枚ずつ、あるいは組み合わせを変えながら何度も繰り返し読むことができる。自然の組み合わせは、無限の変化をつづけながら自らの物語を語り、わたしたちの物語に彩りを加えてゆく。その自然をいったいどれだけ失おうとしているのか、わたしたちはその喪失の大きささえ知らない。

　迷った=失われた《ロスト》という言葉には、本当は二つの本質的に異なる意味が潜んでいる。「何かを失う」といえば、知っているものがどこかへいってしまうということだが、「迷う=〔自分が〕失われる」というときには見知らぬものが顔を出している。モノや人は――ブレスレットとか友人とか鍵とか――視界や知識や所有をすりぬけて消えてしまう。それでも自分がいる場所はまだわかっている。失くしてしまったモノ、消えてしまったひとつのピースを除けばすべてよく知っているとおりだ。一方で、迷う＝自分が失われるとき、世界は知っているよりも大きなものになっている。そしてどちらの場合も世界をコントロールする術は失われている。

手袋、傘、スパナ、本、友人、家、名前……そんなものを次々に手放しながら時を流れてゆく自分。まるで後ろを向いて列車に乗っているような光景だ。視線を前に向ければ、到達や実現や発見の瞬間が次々に訪れる。髪をなびかせる風といっしょにみたこともないものが飛び込んでくる。その波のように押し寄せる経験のなかでなにかが振り落とされ、ヘビの脱皮のように剝がれ落ちてゆく。いうまでもなく、過去を忘却することはすなわち喪失の感覚を失うこと、いまそこにはない豊かさの記憶を失い、現在を歩むための手がかりを失くすことだ。だから忘却ではなく手放す技法が肝要なのだ。すべてが剝がれ落ちたとき、手のなかには潤沢な喪失がある。

そうこうしてようやく、わたしはメノンに向きあうことができた。それがヘラクレイトスの言葉のような格言か断片のひとつだと思い込んでいたわたしは、存在しない本についてあれこれ空想していた。メノンがプラトンの対話篇の題名だということを――仮に知っていたとすれば――忘れていたようだ。ソクラテスはメノンという名のソフィストと対決し、仕掛けにみちたプラトンの対話篇の多分に漏れず相手を圧倒する。歩いているときに、最初は宝石か花のようにみえたものが、何歩か近づくとつまらないものだったということがよくある。未だ明かされていないときに綺麗にみえるものがある。文脈なしに美文調の翻訳に出会っていたからかもしれないが、メノンの問いもそんなものに思えた。ソクラテスはこう応えている。

メノンよ、君のいおうとすることはわかる。だが、君がまさに始めようとしている議論がどんなに厄介なものか考えてみるがよい。いわく、知っているものも知らないものも人は探求できぬ。なぜといえば、もし知っているものであれば探求の必要はないし、知らぬものであれば、まさに探求すべきものを知らないのだから。

エリヤがいつか訪れるということが重要なのではない。いつの年も扉が闇に向けて開かれていることが重要なのだ。ユダヤ教の伝統は、答えよりも問いそのものが肝要な質問があると教える。この問いもそのひとつだ。水中の写真を制作した学生が問いかけたとき、この問いはわたしのなかで鐘の音のように宙にこだまして、次第に小さくなりながらも決して消えそうにはなかった。けれどソクラテスは――あるいはプラトンは――その反響を止めてしまおうとしているように思える。ここにあるのは、作品は作家が込めた意味を負っているのか、という多くの芸術作品と同じ疑問でもある。メノンの議論にあるのはメノンやプラトンが込めた意味なのか、それとも彼らが考えたよりも大きな意味を孕んでいるのか。というのは、結局のところわたしたちの本当の問題は、未知のものを知ることができるか、そこに到達できるのかではなく、どのようにそれを探しにゆくのか、どう旅すればいいのかということではないのか。

対話篇のほかの部分では、ソクラテスは論理的な、ときには数学的な議論によってメノンに反駁しやりこめる。しかしこの問いに関しては曖昧な、詩まで引用した論拠の薄い主張に逃れている。まず問いを退けるように応えたあと、ソクラテスはこうつづける。

そしてこういう者がある。その言葉が真実かどうか、注意して聞いてほしい。彼らによれば、人の魂は不滅であり、ひとたび終わることはあっても、つまり死んでも、ふたたび生まれ変わり、滅びるということはない。それゆえに人は常に神意にかなった生をおくるべきだ、と。

「古き罪の償いをペルセポネ〔冥府＝ハデスの妻〕に受け容れられし人びとの魂は、九年目にして冥府から陽のもとへ送り返される。彼らこそ誉れ高き王、力強き人、知恵のある人となりて、のちの世に英霊と讃えられるべし」

魂が不滅であり、何度も生まれなおし、地上も冥界もすべての物事をみて、すべての知識をもっているのならば……あらゆる探求や学習はただ想起することにほかならない。

ソクラテスはいう。未知を知ることができるのはそれを思い出しているからだ。人は、未知と思えるものもすでに知っている。いわばこういうことだ。あなたはかつてこの場所にいた——そのときは別の誰かだったにすぎない。ここでは単に未知なるものの所在が、未知の誰かから未知の自分へ移動しているだけだ。謎だ、とメノンはいう。たしかに謎だ、とソクラテスはいう。逆にそれだけは確かなことであり、それはきっと何かの手掛かりになるのだ、と。

ここから先は、わたし自身が描いたいくつかの地図だ。

第２章

隔たりの青

The Blue of Distance

世界はその際《きわ》や深みで青みを帯びる。この青は迷子になった光の色だ。スペクトルの青側の端に位置する光は、大気や水の分子によって散乱するために太陽からわたしたちのところまでまっすぐには届かない。水にはもともと色がなく、浅い水は底の色をそのまま透き通らせる。しかし深みは散乱した光線に満たされ、水が澄んでいれば澄んでいるほど濃い青色となる。空が青いのも同じ理由だ。けれども地平線の青、空に溶けてゆくような地表の青はもっと深い色をしている。現実でないような、憂いをたたえた、はるかな見通しのいちばん先にみえる青。隔たりの青。わたしたちまで届くことなく、その旅路をまっとうできなかった迷ってしまった光。この世に美を添えるのはその光だ。世界は青の色に包まれている。

もう長い間、視界の限界にみえる青に心を揺り動かされていた。地平線、はるかな山並み、遠方にあるもの。隔たりの向こうにあるのは内面の色だ。孤独と憧憬の色。こちらからみえるあちらの色。自分のいない場所の色。そして決して到達することのできない色。なぜならその青色は何マイルか先の地平線にあるのではなく、その山と自分を隔てている大気が帯びている色だから。「望みは無限の隔たりに満ちている、だから憧憬《ロンギング》という」（詩人ロバート・ハス）。青は決して到達できない隔たりへの、その青い世界へのあこがれの色だ。穏やかでしっとりとした春先の朝に、曲がりくねった道を運転しながら、ゴールデンゲート橋の北の、標高二五〇〇フィートのタマルパイス山を横切ろうとしていたとき、カーブの向こうから青みの濃淡で描かれたようなサンフランシスコの眺望が飛び込んできて、その青い坂道や青い家々の並ぶ街で暮らしたいという強烈なあこがれにおそわれたことがあった。わたしはそこに住んでいて、朝食を食べてきたばかりだったにもかかわらず。コーヒーの焦げ茶色も卵焼きの黄色も信号機の緑もそんな願望を抱かせたことはなく、むしろその山の西の斜面にハイキングに行くことを楽しみにしていたはずだったのに。

わたしたちは願望を解決すべき問題のように扱う。その願望の本性や感覚よりもむしろ欲する対象に目を向け、それが何か、どうやって手に入れるのかということに集中する。しかしわたしたちと望むものとの間を憧憬の青で満たしているのはまさにその隔たりであることも多い。ほんのすこし目先を変えてその感覚そのものを大事にすることができないだろうか、ときどきそう考える。なぜなら、隔たりが自然と青色に染まるように、それは人間のあり方に不可分に備わっているものだから。その距離を埋めることを考えずにただ隔たりを見渡すこと、決して手中にはできない青色の美しさを抱くように、あこがれ自体を我がものにできないものだろうか。なぜなら、辿りついてみると山はもう青くはなく、その青みは遥かな次の頂きを染めているのと同じで、そんな望みは、まさに隔たりの青色のように勝ち獲っても辿りついてもただ次の場所へ移ってゆくだけで、充たされることはないのだ。悲劇が喜劇よりも胸を打ち、わたしたちがある種の歌や物語に込められた悲哀に悦楽を見出すことの謎もおそらくその辺りのどこかに潜んでいる。常に遠くにしかないものがあるのだ。

神秘主義に傾倒するシモーヌ・ヴェイユは、大西洋の向こうの友人への手紙にこう書いている。「わたしたちはこの隔たりを、友情によって織りなされたこの距離を愛することにいたしましょう。なぜなら、互いを愛することのない者は隔てられることもないのですから」。ヴェイユにとって、愛とは彼女と友人の隔たりを染めて満たしている大気のことだ。たとえその友人が戸口まで来訪したとしても、決して触れ合うことのできない隔たりがどこかに残されている。近づいて胸に抱いたとしても、両手が包むのは謎、知ることのできないもの、決して手に入れることのできないものだ。もっとも近いものにさえひそかに遠いものが浸み入っている。結局のところ、わたしたちは自らにどれほどの深さがあるのかほとんど知らない。

十五世紀になると、ヨーロッパの画家は隔たりの青を描くようになった。それ以前の芸術家は、遥かな遠さというものをさほど気に留めていなかった。あるときは、描かれた聖人やパトロンの背景は黄金色で塗りつぶされていた。またあるときは、わたしたちの姿は丸い球体のような空間の内側にいるかのように表現された。次第に画家は本当らしさに関心を向けはじめ、世界を人間の目にみえるままに描写しようと試みるようになった。ちょうど遠近法の技術がもたらされようとしていたその同じころ、作品に深さと奥行きをあたえるいまひとつの手法として、さかんに使われるようになったのが隔たりの青だった。地平線近くに、ことさらに強調して青色の帯を描いているものが目につく。ひどく手前まで延びてみえたり、色味が不自然に変化したり、あるいは青みが強すぎたり、あたかもその現象を嬉々として誇張しているようだ。空より下に、主題として描かれている物事の頭上に、ちょうど地平線の手前の空間に、画家たちは小さな青い世界を描いている。青い羊の群れ、青い羊飼い、青い家並み、青い丘陵、青い道、青い荷車。

それは何度もわたしたちの前に現れる。ソラーリオによる一五〇三年の磔刑図の、ちょうどキリストの位置から始まっている青の広がり。ラファエロの工房の作品に描かれた廃墟の向こうに広がる青。その手前で聖母がみつめる先には、鮮やかな青色の衣に包まれて眠る幼子の姿がある。一五七一年に描かれたニッコロ・デッラバーテの作品には空の青の下に青い街が描かれ、その手前には、やや不ぞろいな美の三女神のような古典主義の人物群が、無頓着にモーセを川から引き上げる様子が描かれている。早瀬のようにみえる川は、まるで色が背景から染み出したかのように青い。イタリアに限らず北方の絵画にもある。

たとえば一四九〇年ごろとされる、キリストの復活を主題にしたハンス・メムリンクの三幅対。この絵には宙に浮く人物の姿が、わずかに足先と衣の裾だけを残して画枠をはみ出すように描かれている。まるで写真のような切り取り方だ——もちろん奇蹟を記録した写真など存在するはずはない。その下で、褐色の髪をした一群の人びとが祈りと驚愕に両手を投げ出して頭上を見上げている。そして、彼らの頭の上部に接するようにして湖の岸辺がみえる。湖は青く、その向こうには青い丘が連なる。あたかも、そこには三つの世界が存在しているようだ。宙に浮く人物が入っていこうとする夕焼けのような色をした天上の世界。その下に描かれたさまざまな色の織り成す地上の世界。そして、二元的なキリスト教の世界のどちらにも属さない遥かな遠方の青の世界。そのおよそ三十年後に描かれた荒野の聖ヒエロニムスを描いたヨアヒム・パティニールの有名な作品では、この青の効果がさらに際立っている。深い灰色をした岩山の手前で、ヒエロニムスが掘っ建て小屋に身をひそめている。彼の背後に広がる世界はそのほとんどが青い。青い川、青い岩塊、青い丘陵。ヒエロニムスは、世俗の世界からではなくこの独特の天界の色味から身を隠しているようにもみえる。その一方で、メムリンクが群像のなかの一人に青い装いをあたえていたように、ヒエロニムスが纏う衣もまたやわらかな青みを帯びている。数多くの絵画に描かれた聖母マリアもまた同じだ。まるで、これらの人物が遥かな遠さに身を包んでいるとでもいうかのように。まるで、その曖昧に漂う遠さが不意に前景に現れたかのように。

一四七四年に描いたジネーヴラ・デ・ベンチの肖像において、レオナルドは峻厳な表情をした色の白い貴婦人を縁取っている褐色じみた木々の背後に、ささやかに、細い帯のように青い樹々と青い地平線を配している。婦人の装いにある締め紐と同じ青だ。しかしその実、レオナルドは空気の効果に入れ込んでいた。彼は建築物の描き方を次のように書いている。「一方の建物を他方よりも遠くにみせたいのであれば、空気を濃密に表現すればよい。最初の建物を〔……〕もともとの色で描き、次の建物は輪郭を薄くし、青みをつけて描く。さらに遠くに建物を配置するならば、さらに青みを強くする。五倍遠くにみせるときには五倍の青さで描けばよい」。画家たちは隔たりの青にすっかり心を奪われてしまったようだ。これらの絵を前にしていると、わたしたちは緑の草原を歩み、褐色の木立を抜け、白く塗られた家並みを過ぎ、そのうちに青の世界に辿りつく——そんな世界を心に抱くことができる。そこでは草原も、木々も、家々も青く、視線を足下に下せば、わたしたち自身もまたヒンズーの神クリシュナのように青に染まっているだろう。

十九世紀の青写真（シアノタイプ）にはこの青の世界がある。シアンという言葉は印刷で用いるシアン化物のことと思いこんでいたが、青色という意味がある。青写真は簡便で安価なので、もっぱらこの手法を用いていたアマチュア写真家もいれば試作に使用するプロフェッショナルもいて、二、三週間で褪せて消えてしまうように刷られるものもあった。青写真のなかでわたしたちを待つのは、白と青の明暗に満たされた世界だ。ここではシアン化物がつくり出す充満するメランコリーの向こうにみえているように、橋も、人びとも、リンゴも湖のように青い。この色は二十世紀半ばまで絵葉書のなかに生きつづけた。青い宮殿、青い氷河、青い山々、青い鉄道駅。わたしの手元にも何枚かそんなものがある。

楕円形に切り抜かれた写真を集めた写真帖がある。十九世紀の終わりのころ、ヘンリー・ボスという名の男が作ったものだ。写真はすべてミシシッピ川の上流部を扱ったもので、すべてが青写真の独特の色をしている。一見、写真は往時のミシシッピ川の麗しい風景を映しているように思える。しかし実際には、ボスは流路を矯正し川を抑え込もうとする土木技術者たちとともに働いていた。彼らは水運の高速化のために、湿地と絡まりあいながら曲がりくねり、小島を浮かべ、渦を巻きながら延びてゆく野生の流れを、人工的に掘り下げられ、狭隘で忙しい、護岸に閉じ込められた水路に変えようとしていた。彼らは砂防堰堤、すなわち堆積する土砂を押し止める障害物を造成し、自然の河岸を消し去り、河床を浚い、閘門《こうもん》を設けた。だがボスの撮影した写真には単に土木工事の記録として求められたものを越えた美しさがある。一枚一枚がまるで青いカメオ細工のように、前景で建設中の操車場や橋梁にいたるまでことごとく青く染まっている。ただし、わたしたちが現実に生きている世界では、わたしたちが遥かな遠さに到着すれば隔たりは隔たりであることをやめ、青みを失う。遠さは近さへと変わり、もはや同じ場所ではなくなる。

日照りがつづいたある年、グレートソルト湖の水位がひどく下がり、湖面の大部分が陸続きになったので、わたしは歩いてアンテロープ島へ向かってみた。上下対称に湖面に反射した島は青のなかに漂う宝石のようだった。ついこの前まで湖の底だった場所が、浅い水たまりと泥濘と乾いた砂地と、浅く澄んだ潟、島へ向かって指のように延びた砂州、そして遥かに広がる深々と青い水に映るその反映の、入り組んだパッチワークのようになって何マイルも広がっていた。砂州が不意に水中へ消えてしまい引き返さねばならないこともあったが、湖岸を離れてからは、何時間か、何マイルかの距離をほとんどまっすぐ島へ向かって行くことができた。歩いて横断した場所は平坦な場所もあれば畝のある砂地もあり、地面の下に隙間が空いているように足下が沈みこむ場所もあった。わたしの重みで砂から水が抜けて、足跡のまわりが白くなるような水っぽい場所もあった。背後に足跡が線のようにつづいているので、自分のいるところがわからなくなってしまうことはなかったけれど、わたしは時間の経過を見失っていた。途方に暮れるのではなく、それ以外の一切合切が脱落して消えてしまう、そんな没入というまた別の迷子に陥っていた。

茶色くなったオークの葉がちらほらと地面に散っている場所があった。けれども視界のどこにも木の影はなく、湖岸ははるかに遠い。濡れそぼった骨と羽毛のかたまりのようものが打ち捨てられていることもあった。かつて渚に佇んでいた鳥だ。落葉がどうやってここまで辿りつき、鳥たちがどのように命を落としたのか、それは計りしれない、測鉛を下ろしても計測することのできない深みのように、わからないことだった。わたしの後ろ側では、グレートソルト湖の対岸の山々の岩壁にボンネヴィル湖の海岸線がくっきりと浮かびあがっていた。その湖は、地球がいまより湿潤だった遠い過去の時代には、もっともっと大きく深かったはずだ。アリゾナでセコイアスギが育ち、デスヴァレーもまた湖であった時代。ボンネヴィルという湖が消滅してから一万年以上が過ぎている。しかし、周囲の風景を包みこむその輪郭は、わたしが歩いていた場所がかつては深い水の底だったのだと語っていた。漂流物のかけらや柔らかな砂地もまた、わたしが歩いていた場所はそれほど遠くない過去にはボートを漕ぐことも泳ぐこともできたということを念を押しているようだった。この場所は新しい土地、束の間の、冬には消えてしまうはずの地上だった。ふたたびそこを歩くことができるようになるにはまた長い年月、あるいは幾世紀もの年月が過ぎるはずだ。厳しい陽光に金色を帯びたアンテロープ島は、歩くにつれて少しずつ大きくはっきりとみえてくるのだが、夢か希望のようにいつまでも遠くにみえているままだった。焦げつきそうな十月の午後、取り残された水の白っぽい青色が遥か遠方で色褪せた空と触れあっていて、水と大気を見分けることはほとんどできなかった。

歩みのなかにすっかり埋没して時間のしがらみから解放され、わたしはソルトレイクシティでの講演のことを考えていた。記録されない変化がもつ深遠さについて語るために、わたしはまた別の湖、ボリビアのチチカカ湖の話をした。二歳のころ、わたしは一年間ペルーのリマに暮らし、家族みんなで、つまり母、父、兄たちとわたしはアンデスに登り、ペルーからボリビアまでチチカカ湖を船で渡ったことがあった。チチカカ湖はタホ湖やコモ湖やコンスタンス湖やアティトラン湖と同じ高地の湖のひとつで、青空を見返す青い目のようだった。

数年前のある日、母はスギ材でできたチェストからボリビアの旅で買ってくれたターコイズブルーのブラウスを取り出した。小さな服を広げて手渡されたとき、それを着ていた記憶と、その服がいかにもちっぽけなことがあわさってわたしはとまどいを覚えた。袖は一フィートもなく、小さな身頃《みごろ》が包んでいた虫籠くらいの胴体はもうわたしのものではなかった。ひどく心を揺さぶられたのは、この金糸を織り込んだブラウスを着ていたわたしがそんなに小さな体を――大人になってそれを思い出しているわたしとはまったく別の――していたことではなく、それを着た感触の鮮やかな記憶までもが甦ったことだった。記憶の連なりは、幼児の体と大人の女性のそれの間にある淵の深さを測ろうとはしない。

ブラウスをふたたび手にとったとき、わたしはその記憶を失った。その二つは共存できないのだ。その消失はわたしの眼前で一瞬のうちに起こった。奇跡的に保存されていた壁画や遺体の話を聞くことがある。埋められ、塗り込められて、何百年か何千年の間、光を浴びることなく守られていたというものだ。新鮮な外気と光に曝されるとただちに劣化を始め、崩れて消えてしまう。獲得することと失うことは、時としてわたしたちが考えるより親密な関係をもっている。そして、動かすことのできないものや所有を許さないものがある。大気を突き通すことができずに散り乱れてしまう光もある。

　わたしはブラウスをいったん自分のトランクにしまい、またそれについて考えはじめたときにふたたび手に取った。そして、わたしの記憶はそれをもっとありふれたものへ、ナヴァホ族の女性や少女が着ているヴェルヴェットのブラウスに変えていたことに気がついた。ボリビアのブラウスにはビーズの装飾があり、ジグザグの襟刳りはやわらかな青色で縁取られていて、もうずっと昔に真っ平らな皺のようになった二本の青いリボンがついていた。けれど布地はストライプのブロケード〔紋織物〕だったのだ。それはターコイズブルーで、スイミングプールの、あるいはトルコ石の、空よりも明るい青色だった。ボリビア、と口に出したとき、ある友人はそれを忘却《オブリヴィオン》と聞いた。

　何かを書くということを始めたとき、わたしはそれまでの人生のほとんどを子どもとして生きていた。わたしを形づくっていたのは鮮やかで力強い子ども時代の思い出だった。時間とともにそのほとんどはぼんやりと霞んでいった。その一つひとつについて書くたびにそれを手放していった。思い出はほの暗さのなかに生きることをやめて文字に固定され、わたしのものではなくなっていった。生きるものの帯びる漂うような当てにならなさを失っていった。ちょうどあのブラウスがわたしに手渡されたとき、袖を通した感触を蘇らせることをやめて、スナップ写真の誰だかわからない幼児が着ていたものになったように。二十代の人間は人生のほとんどを子どもとして過ごしている。しかし時とともに、その幼年期と呼ばれる部分は次第に小さく、より遠く、より色褪せたものになってゆく。けれども、人生の最期にはその始まりが、鮮やかさを取り戻してふたたび回帰してくるのだともいわれる。人は世界をぐるりと帆走してその出発地の暗がりに戻っていくのだ、と。老人にとっては、しばしば近いこと、最近のことがおぼろげになり、遠い時空にあるものだけが鮮やかだ。

子どもにとってつまらないものがあるとすれば、それは隔たりだ。ゲイリー・ポール・ネブハンは、子どもをグランドキャニオンに連れていったときに「多くの時間を費やしてパノラマのような景色や見晴らしを味わっている」のは「大人」だと気がついたと書いている。「その一方、子どもたちは四つん這いになって、すぐ目の前にあるものに心を奪われていた。われわれ大人は抽象によって旅していたのだ」。また、崖に近づくたびに、息子も娘も「父の手をいきなり振り解いて、地面に落ちている骨や、松ぼっくりや、きらきら光る砂岩のかけらや、羽毛や、花を探しまわるのだった」。幼年期には隔たりがない。赤ん坊にとって隣の部屋にいる母親は永遠にどこかへ行ってしまったのと同じことだ。幼児にとって誕生日が来るまでの時間は無限だ。そこにないものはすべて、ありえない、二度と手に入ることのない、手の届かないものになる。その内面の風景はにぎやかな前景からいきなり壁につきあたる中世の絵画のようだ。隔たりの青は、時間とともに、メランコリーや喪失の発見、あるいはあこがれの感触、わたしたちが横切ってゆく大地の複雑な紋様、そして旅に捧げられた年月とともにあらわれる。仮に悲哀と美が分かち難く結びついているとしたら、わたしたちが成熟とともに獲得するのはネブハンが抽象と呼ぶものではなく、おそらく、時間とともに失ったものを少しだけ埋め合わせてくれる、遥かな隔たりに美を見出させてくれる感受性ではないだろうか。

アンテロープ島は少しずつ近く、大きく、はっきりとしてきたが、ついにそれ以上進めないところに行き着いてしまった。その水面を泳いでいくのであれば進めたのかもしれないが、ふだんでも海よりはるかに塩分の多い水は、この旱魃では強烈に濃縮されていたことだろう。服を脱ぎ、背中を太陽に焼かれつつ、コルク栓のようにぽこぽこ浮き沈みしながら島まで泳いでゆく、そんな道行きを思い描くことはできるけれど、到着したとしてもそこでわたしは何をすることになったというのだろう。その島が到着すべき場所だったのかも定かではない。その輝くような黄金色は、近づいてゆけば灌木と土へと霧消してしまったことだろう。

歩いていける限界のところまで行ったとき、足下へ視線を下ろすと陸地と水の境目がスケールを失った波のような模様をしていて、まるで飛行機から下界をみているようだった。飛行機はたいてい町から町へ飛ぶ。その中間には足を踏み入れたことのない、ぼんやりとした呼び名しかつけられない領域がある。ニューファンドランドの辺り、ネブラスカかダコタのどこか、そんなふうに。何マイルもの上空からみると、地表は地図そのもののようにみえるけれど、そこには地図に意味をあたえる手がかりがない。窓外にみえる三日月湖やメサには名前がなく、測り知ることができない。それは言葉のない地図だ。飛行機がそのどこかに緊急着陸してくれないものだろうか――という思いを、仕事で町から町へ飛び回っている人びとはしばしば抱いているという。名前のない場所は迷ってしまうこと、遠くへ行ってしまうことへの願望を目覚めさせる。それはあのメランコリーにみちた驚異の領域への、隔たりの青への渇望だ。その日、グレートソルト湖で足下を見下ろすと、スケールを失い、遠さと近さが重なりあい、水たまりが大洋となり、砂丘が山脈となる、その世界でわたしの足もまたはるか遠方にみえていた。

　わたしは歩いて帰路についた。島を背中にすると、前方には廃墟のようなソルトパレスがみえ、日常の雑事の世界へ戻ってゆくための車が待っていた。ところが出発点のそばまで来たときに、この土地はもう一度わたしを驚かせた。浅い海岸線で水が干上がり、塩の結晶に満たされた入江がいくつも連なっていたのだ。バラの絨毯のようになったもの、藁の束のようになったもの、一面に降り積もった雪のようなもの。すべて泥の混じった塩でできていた。持って帰ろうとして色褪せた茶色のバラのひとかけらをもちあげると、途端にたいして見栄えのしないものになってしまった。わたしたちから失われているときにだけ手にすることのできるものがある。そして、ただ遠くにあるというだけでは失われないものもある。

第３章

ヒナギクの鎖

Daisy Chains

わたしの家族にまつわるものはどこかへ消えてしまう傾向がある。小さかったころ、父の妹が箱いっぱいの家族の写真をみせてくれたことがあった。そして、わたしの人生のはじまりの向こうにあったのっぺりとした壁はどこかへ退き、代わりに台紙に貼り付けられたセピア色からゼラチン・シルバーの灰色までさまざまな色合いの、よそ行きのポーズや名前のない顔が洪水のように押し寄せてきた。叔母とわたしはかなり長い時間、ほとんど一年中セコイアスギの木陰になっている叔母の家の居間で、厚紙でできた箱をひろげて座りこみ、叔母は一枚一枚めくりながらわたしが知る名前や知らない名前を唱えた。いちばん深い印象を覚えた写真はわたしの祖母とその二人の弟がエリス島にいるときか、そうでないとしてもニューヨーク港でもっとも大きな移民の受け入れ口だったその島を通過したころのものだった。彼らは当時の肖像写真のしきたりに倣って背の高さの順に、少しずつ重なるように並んでいた。おそらくはシラミか疥癬対策のために頭髪を剃りあげ、うつろな眼で、この時代の移民たちにとてもよくみられる憑かれたような表情をしていた。ヨーロッパを横断し、大西洋を渡り切り、たった三人でもうひとつの大陸を横切ろうとしている、揃いの白いセーラー服を着た三人の子ども。

ずっと後になってその写真について尋ねたとき、叔母は、写真の詰まった箱などなかった、ぜんぶわたしの空想なのだろうといった。それから数年後にふたたび尋ねると、箱はたしかにあった、けれどもどこかに消えてしまったのだといった。過去の物質的な手がかりになるはずの写真さえも、はかなくて頼りない。父方の家族史にまつわるものはすべてがその調子だ。すでに父も叔母もこの世にはおらず、彼らの父母はそのもっと前に他界した。彼らがわずかに語った切れぎれの物語は、もう繰り返す者もいなければ異を唱える者もいない。一つひとつの物語には前触れもなく、それについて問うことも、さらに聞き出すことも、繰り返すことも拒むような、神託や新聞の隙間の小さな記事のような短く謎めいた響きを持っていた。そんなふうに語られる父方の家族の歴史は、それがやってきた土地にどこか似ている。そこでは小国が大国に貪られ、吐き戻され、国境は言葉や文化と無関係に揺れ動き、共産主義が過去を覆い隠し、被写体を時代の変転にあわせてエアブラシで修正した写真が付き物で、世のなかから消えた人物は写真からも消去された。三人の坊主頭の子どもの出身地ビヤリストックは大昔にはリトアニア、次いでポーランド、さらにプロイセンを経て、いったんはナポレオン軍の手に落ち、彼らが移民となったころにはロシアとなり、第一次世界大戦中は独ソ戦の戦場となって激しい空爆を受け、次の大戦ではふたたびドイツ人に占領され、やがてその地からユダヤ人の姿が消し去られた。

真実というものも、おそらくわたしの家族にとっては大きさの定まったものではなかったのだろう。はるか昔に故郷を失っていた人びとにとって移民となることが単なる移住とは別の意味をもつように、真実もまた彼らが話してきたさまざまな言葉に揺さぶられ、こぼれ落ちてきた。家庭では彼らはロシア語もポーランド語も話さず、イディッシュ語すなわち中世のゲルマン方言を使ったが、彼らはゲルマン系というわけでもなく、二千年近く前のイスラエルで始まったディアスポラの末裔だった（家族に青い目と金色の髪の持ち主がいるところからすると、純粋な子孫ではないかもしれない）。その言葉はわたしたちの世代には伝わらず、ただいくつかの悪態が残っただけだった。イヌイット語で氷を語り、日本語で雨を語るように、イディッシュ語は人物の欠点を正確にあげつらうことに長けていた。もうひとつの言葉、ヘブライ語は別の用途のために伝えられていた。そして当時は空想でしかなかった自分たちの国という消し難い心象が、その話者をして周囲に流され消えてしまうことを許さなかった。その奇跡というべき粘り強さ、失った風景と老いた言語への執着は何をもたらしたのだろうかと考えることがある。すでに忘れ去られたであろう多くの人びとと同様に、彼らもその風景に融けいってしまったほうがよかったのではないか、その国で話される言葉や物語や自分たちを大切にしてくれる場所に自らを順応させ、かつて追われた国を想うことをやめ、そうして亡命者であることをやめて、そのとき身をおいた国のすべてを受け容れる、そうすることもありえたのではないか。彼らが国のない民として生きることをやめるには過去を手放すだけで十分だったはずだ、なぜなら彼らが追われた土地はすでに存在せず、彼らはもうその地を捨てた人びととは違うのだから。あるいは、そのような故意の忘却や継承される物語の拒絶は、「新世界」ならば土着民《ネイティブ》になれるのではないか、というわたしたちが抱いた希望の産物なのかもしれない。それは彼らが「旧世界」において成し遂げることのなかった、成し遂げることのできなかったことだったのだ。

ホロコーストを生き延びた人間は、皆その敵意に満たされた束の間の故郷を捨てることによって生き延びていた。ただ一人、そこへ戻っていった女性がいた。あの人は愛に救われた、ずっと後の時代のロサンゼルスでそうわたしに語った女性の母はロシア人と恋に落ちた。家族は結婚に強く反対したが、彼女は自らの心に従ってロシアへ向かった。彼の地で第二子となる息子の命を宿し、夫を奪った第二次世界大戦を生き延びた。戦争が終わると未亡人はポーランドの郷里に戻るが、家族は一人も残すことなく殺されていた。彼女は子どもとともに身寄りもなくそこに留まり、結核で落命した。子どもたちはまだ小さく、孤児院に預けられた。孤児院はユダヤ人を憎む尼僧が運営しており、出自が露見すると子どもたちはイスエラル行きの船に乗せられた。わたしが知りうる限りでは、息子はまだその地にいる。娘はフランスへ留学し、のちに合衆国へ渡った。彼女はネゲヴ砂漠〔イスラエル南部〕でベドウィンと暮らし、カシミールで王族と暮らし、アリゾナで建築家と暮らした。寝室の机には小さなグラスが並び、そこには彼女が世界中で集めてきた砂が、黄土色や赤色、果てはラベンダー色をした美しい粉末が収められていた。幾度も幾度も住処を変えてきた彼女にとって、それだけが残された故国であるかのようだった。ほかの女性が鏡台に並べる口紅や白粉《おしろい》の壜にも似た、その砂塵のコレクションだけが。わたしたちの交流はもう途絶えた。彼女はわたしの祖父と血縁があった。わたしの祖母とは関係がなかったが。

祖母の母もまた姿を消した、少なくともわたしはそう聞かされた。彼女の父は先に出立し、「新世界」ロサンゼルスに身を落ちつけたのち、旅費を稼いで妻を呼び寄せた。よくあることだった。その後、両親の出立以降親類に身を寄せていた子どもたちを呼び寄せた。わたしの曾祖母は東ヨーロッパとアメリカ西海岸の間のどこかで姿を消したと聞かされたのは、その話のなかだった。わたしはその二つの場所の間で起こったであろうさまざまなことをよく空想した。彼女が大草原のどこかで列車を降り、どこかへ紛れ、紛れたままに生きるようになり、想像もできない新しい人生を、家族や民族が押しつけたのとはまったく違う人生を一からつくり上げる姿を想った。喧騒を詰め込んだアイザック・バシェヴィス・シンガーの物語を去り、ウィラ・キャザーの小説の広大な静けさへ歩んでいく姿を思い描いた。アメリカ西部という場所の広大さは現在そこに移住して暮らしている者にさえほとんど知られていない。その広がりは、旅する者に向かって、大きな荷物のように抱え込んでいる過去を手放し、自分をもう一度つくり出すように誘いつづけてきた。

いまにしてわかるのは、列車や自動車や会話や背負ったものから下車して、想像のなかの祖先の背景として描いた風景へ入っていくことは、わたし自身の願望だったということだ。わたしは風景に頼りながら成長した。そこには水平にひろがった世間のしがらみから、地面と空、物質と精神の垂直な布置へ抜け出していくという可能性が秘められていた。そうした渇望にいちばんよく応えるのは莫大なオープンスペースだ。わたしはまず砂漠に、次いで西部の草原にそれをみつけた。こうした場所へ身を置くのは思うより難しい。公有地になっている森林や山岳へ向かう途中で通り過ぎる私有地であることも多い。私有地になっているのは、何もない土地に公有すべき価値を認めるのは何かがある土地よりも難しいからであり、干上がった湖底の砂漠のような完全な空白地帯でなければそこには耕作や放牧といった用途がありうるからだ。

数年前の独立記念日に、ニューメキシコ州北東部の広大な牧場でピクニックをしていた。招待してくれた友人たち以外に知る人はいなかった。雨の多いその時期、牧草は緑の絨毯のようで、何かの巣穴やずんぐりとしたサボテンや野の花が模様のように散りばめられ、足を踏み入れるとキラキラ光る虫が花から飛び出してきた。それがなだらかに広がるはるか向こうには、一日で歩けるかどうかという距離に青い山並みがみえた。立ち止まらせるようなものは何もなく、その果てに行きつくところには自分がすっかり変貌しているのではないかと思えるような広がりだった。パーティーから抜け出して足を踏み出し、木立の下に集う人びとの姿がみえなくなり、平原のなかにぽつんとみえるそのハコヤナギとニレの茂みが小さくなるまで長い時間歩いた。夏風が頬を撫で、わたしの両脚は何かの欲に取りつかれたようにどんどん歩みを進めていた。山並みの誘惑は変わることがなかった。木立がみえなくなってしまう前にわたしは足を止めた。この日はまだこの広がりのなかに姿を消してしまう覚悟はなかった。そこにあった空間は、わたしがみつけたなかではいちばん、真実や明瞭さや何にも頼らないあり方を感じさせるものだった気がした。

「空《くう》とは、中を体得した人がその上を動く道である」。六百年前にチベットの高僧がそういった。この命題をみつけた本にはその解説が付されていた。いわく、「道」とはチベット語のshulの訳で「たとえば足跡のような、何かが過ぎた後に残された痕跡のこと。ほかには、建物があった場所に残された窪みや、出水の際に水が岩を削った跡、夜の間に眠った動物が残した草原の窪みを指す場合に用いられる。これらはすべて何かそこにあったものが残した跡という意味でshulと呼ばれる。道は地面が踏み均された跡であり、障害物が除かれ、後につづく者のために整えられている。これもshulである。空は一種のshulとしてかつてそこにあったものの痕跡に比肩されるものとなる。この文脈においては、痕跡をつくったのは利己的な欲求という攪乱が残した窪みや刻印や傷である」。shulという言葉はイディッシュ語ではシナゴーグを意味するのだが、わたしがこの行方不明になった遠い家族を見送る先に描くのは教会堂ではなく、天上の国が足下まで近づいてくるような広大で人影のない広野の道だった。

長い間、ルイス・ハインによる一九〇五年の写真「エリス島の若いロシア系ユダヤ女」の女性をその人だと思い込んでいた。社会派のドキュメント写真で知られる写真家にしては、この写真の重苦しく思いつめたような眼差しや、焦点が外れてぼんやりとした背景は奇妙な印象をあたえる。エリス島は行き交う大勢の人とともに写されていることが多いのだが、この写真は空っぽで動きがない。場所を示す手がかりはぼやけた手摺りのみえている通路だけで、人びとはこの通路に列をなしてグレート・ホール〔移民の登録手続きを行なった大きなホール〕へ進んだ。人込みと喧騒にまみれていたエリス島の秘かな孤独の瞬間を捉えたこの写真は、この場所としてもハインの作品としても異質な記録写真だ。ここで写っているものは社会の状況ではなく内面だ。女のスカーフかショールのようなものは少し後ろにずれされていて、中程で左右に分けられた暗色の、しばらく洗っていない髪がみえ、カメラを通り過ぎてゆく視線には恐れも関心も感じられない。左右非対称の合わせで仕立てられた外套だけが、彼女がヨーロッパのはるか東の端からやってきたのだと証している。近寄って仔細にみてみれば、彼女は若くおだやかで、ほとんど美しい。しかし離れてみれば、あるいは小さく暗い複製をみると、この移民のこわばった顔には髑髏がみえてくる。

飢えと疲弊と恐怖によって、彼女は国境とはまた違う境界に接近しているようにもみえる。翳った眼窩の上の額は背後の空と同じくらいに白く光っている。透き通ってはるかな空の白さがみえているようであり、ただ印画紙に残された空白をみているようでもある。

大草原に踏み出してゆく女性という心象をお守りのようにしっかり抱くようになってすでに長い時間が経ったあとで、曾祖母は消えてしまったわけではないと聞かされた。彼女の夫はカリフォルニアに到着した彼女を精神病院に投じ、三人の子は到着してから父親がアメリカ人女性と再婚し、新しい娘を儲けたことを知ったのだ。わたしはその後に起こったことを想像した。祖母は移り住むやいなや、自分の代わりを務めている英語に堪能な異母妹に対面し、やむを得ずにその言葉を学び、重い訛りのある英語を話しながら残りの生涯を生きるのだろう。別の写真では女性向けのハイキング・クラブに参加している様子がみて取れるので、彼女はすぐに自分なりの生き方を見出せたようだ。膝丈の編み上げブーツとブルマーという出で立ちの、軍隊のように整った格好をした逞しい若い女たちが、まだ若く松の多いロサンゼルスの山に登っている。どれが祖母なのかわたしにはわからないが、オリーブ色の肌の娘たちの眼差しは希望に満ちている。彼女の夫つまりわたしの祖父もまた、同じくロシアのペール地域〔ユダヤ人集住地域〕の隣接する町から一九二〇年代後半に移民として渡ってきた。ロシア革命の混乱に翻弄されたのち、兄に導かれて移住したのだった。祖父母が出会ったのはユダヤ人たちのハイキング・クラブだったと聞いたことはあるが、彼らがそんな人物だったとはとても思えない、というのはこの二人は骨の髄まで都会的な人間で、せせこましい部屋のように体を縮めて生き、その体で新世界の広野の冒険に飛び出すとは思えなかった。ただしこのあたりが、祖先が大草原で列車を降りていったというわたしのファンタジーにいちばん近づくところでもある。

曾祖母は自分の子どもたちの生活から姿を消した。わからないのは彼女は自ら消えようとしたのか、それとも、自分の思惟に囚われてついにそこから逃れることができなかったのかということだ。自分の進む道をみつけて、子どもたちにとってのみ失われた存在となったのか、それとも、世のなかと自分自身の心を渡ってゆく術を失って、自分自身からも失われてしまったのか。内心もまた風景のようにイメージすることはできるけれど、わたしが戯れに迷子や消失を味わっていたような開けた草原になぞらえることができるのは賢者の心だけだろう。それ以外のわたしたちは洞穴《ほらあな》や氷河や激流を抱え、霧や、足下に口を開ける亀裂や、家族の名を騙って辺りを嗅ぎ回る野の獣さえ姿をみせる。迷うことはいとも容易く、恐しくて足を踏み入れることのできない場所もある、そんな風景だ。仏教にこんな説話がある。馬に乗った男が僧の脇を駆け抜けてゆく。僧が「どこへ行くのか」と問うと、男は「この馬に訊いてくれ」と答える。そんなふうに手綱の効かなくなった心は、わたしたちに目的地を選ぶ余地をあたえず、それをみることさえ許さない。これは狂気のもっとも簡潔な形式であり、わたしたちの多くはそれをときどき味わっている。

わたしの人生における祖母の登場も、祖母の母の消失のように不意打ちだった。東部に住んでいて滅多に顔をみることのない、母のアイルランド系アメリカ人の両親とは別の祖母がわたしにはいるのだ、ということをはじめて聞かされたのは、わたしたちの一家がカリフォルニアに戻り、ほどなくしてわたしの学校が始まる前にロサンゼルスへ旅行をしたときのことだった。アスファルトの海に立つ背の高いコンクリートの建物に車が到着し、外に立っていると、その予期せぬ親族が出てきてわたしに接吻した。振り返った母は、わたしの頬に残った口紅の跡をみて小さな叫び声をあげた——血と間違えたのだ。その後、祖母はわたしたちの家から遠くないナパの州立精神病院に移送された。ずっとそれは老人ホームだと思っていた。彼女の棟にいたのは子どもとのふれあいに飢えた高齢の女性ばかりで、訪問するとわらわらと寄ってきて小銭をくれたからだ。誰もそれが間違いだとは教えてくれなかった。気味の悪いほど穏やかな場所で、広々とした芝生があちこちにあり、まばらな木々が気持ちのよい日陰をつくっていた。いまその場所を思うときには、道中のサンパブロ湾の湿地帯でよくみかけた羽の赤いムクドリモドキが心に浮かぶ。そしてその芝生の片隅で、弟と二人でヒナギクの花輪を作って過ごしたある日の——あるいは幾度となく繰り返された——午後のこと。祖母は広くおおきな胸と丸まった背中にわたすように花輪をかけ、すっかり萎れてしまうまでそうしているのだった。帰り際に、巨大な木の下にあったチェリー・サイダーを売るスタンドに寄っていたことも思い出す。そのサクランボの味も。祖母に昔のことをたずねてみよう、という気はついぞ起こらなかった。おそらく彼女もそれほど話すことはなかったろうという気がする。

妄想型統合失調症ということだった。そう診断され、彼女は生涯の最後の数十年間を施設で過ごした。まったく曇りなく世界をみているときもあるのではないか、と長い間思ってはいたものの、対面したころには祖母はすでに人間の廃墟のようで、ショック療法と長年にわたる投薬、それに収容生活の強いるさまざまな代償によってその心は変わり果てていた。そこから取り除かれていたのが苦痛なのか、それとも過去なのか、それが同じことだったのか、わたしにはよくわからない。彼女を診ていた医師たちが、これほどに深甚な心の揺らぎを経験したことがあるとは思えなかった。母たちの消失。ロシアからポーランドにかけての中世そのままのペール地域と、華やかで過去をもたないロサンゼルスとの間に横たわる巨大な裂け目。彼の地に置き去りにした三つか四つの言語と、ついに満足に我が物にすることのなかった英語。ふるさとと、残してきた縁者の消滅。彼女の振る舞いに心的外傷後ストレス障害という別の名をあたえたセラピストもいた。その病名は彼女がくぐり抜けてきたあらゆる類の戦争と、どれほどありそうになく過酷なことでもやすやすと起こってしまう世界を証すものだった。

父が子ども時代や家族について語ってくれたことは片手で足りる。彼は両親よりも一フィート背が高く、目は青く、かつては母よりもはるかに明るい金髪をしていて、まるで南カリフォルニアから湧き出た陽光と豊かさそのもののようだった。父はあの一九五〇年代の大いなる同化政策の波に乗った一人だった。民族的な出自が必要のない荷物となり、あたかも宗教を信じるようにアメリカが未来を信じていた時代だった。彼がろくでもない父親と気の違った母親を自らのアイデンティティから抹消しようとした理由は想像に難くない。もっとも、人生においてあらゆる種類の放駒に乗ってしまうところは、みかけ以上に両親に似たままだった。父の妹、つまりわたしの叔母は彼らの母親と同じくらいに濃い肌の色をしていた。十代のころエル・パソに祖父と暮らしていた叔母はいつもメキシコ人ではないかと疑われ、フアレスからリオ・グランデを渡って帰ってくるときにはよくトラブルになった。二度目の結婚をしたときに夫から外見と釣り合った姓をもらい、以後はラテンアメリカの女として通すようになった。辛辣で、文芸に通じ、急進的だった彼女は家族のエピソードや写真を整理する存在でもあった。けれどそれらは過去に確かな感触をあたえる支持体ではなく、その時どきの求めに応じて変わりつづける幻影やフィクションの源だった。ただし、それはあらゆる歴史や写真も同じだ。私的なものであれ、公のものであれ。

またあるとき、叔母は自宅に自分の母、つまりわたしの祖母の写真を掲げたことがあった。これもまた、そこで一度みた限りのイメージになった。写真には、荒っぽいつくりの木製農具の傍らに立つ子どもの姿があった。五百年前に写真術が存在していたとしたら、これは難なくそれくらい昔のものと思えただろう。その写真は、明るく楽天的な新興都市ロサンゼルスへ十代か二十代でやってきた祖母のふるさとがどれだけ後進的なものだったかを物語っていた。叔母がときどきみせてくれた写真に写っている人びとはわたしにはほとんど縁もゆかりもないように思えた。彼らの顔つきや佇まいや着ているものは、家族や血のつながりよりも、むしろ時間と場所について語っていた。写真の技術と慣習は、それぞれの世代に固有の相貌をあたえ、一人ひとりの身体は歴史や流行や食物の刻印を受けている。それゆえに特定の時代に属する者は、ほとんど全員がその時代にしかみられないある種の類縁性を帯びている。一九六〇年代以前には光と空気そのものがまるで海のなかのように深く眩かったように思える。肌はそのなかで虹色に発光し、あらゆるものが幽かなオーラを纏っていた。そのオーラは銀の少ない感光乳剤を用いた新しい白黒フィルムによって駆逐された。大恐慌の時代を経験していないアメリカ人の多くは、恐慌は荒削りでいてどこか魅惑を秘めた白黒の世界の出来事だと思っているのではないか。まるで時代を覆う貧しさをその手触りが埋め合わせてくれるとでもいうように。二十世紀の前半期には、強烈な光が上方から降り注ぎ、身体を隠すような衣服の上には眼窩の窪んだ厳めしい顔が並んでいた。ヒマラヤの高所に化石となった海の貝があるように、かつてあったものと、いまそこにある姿は違う。

およそ十年前、わたしの兄弟のひとりが親戚を訪ねてメキシコシティに赴いた。祖母の両親が移住したのちに、祖母が一緒に暮らしていた彼女の従兄弟だった。祖母がアメリカへやってきたころ、従兄弟たちはメキシコへ渡った。一家の長は行商人から始めて裕福な美術収集家となった人物で、祖母と暮らした子ども時代のことを覚えていた。彼はわたしの兄に、わたしたちの曾祖母はエリス島の、つまりアメリカ合衆国の土を踏むことはなかった、そうではなくロシアの精神病院に収容されていたのだといった。そのことを聞いたとき、不意に、心に抱いていた家族のアルバムからエリス島にいた若いユダヤ人女性のイメージが消え、それはよそよそしい一枚の写真、ドキュメンタリーと呼ばれる世界のルイス・ハインによる一枚の画像となった。わたしの祖先の名をもたぬ女はふたたび顔を失い、想像から失われた。この写真に拘泥して、知り得ない彼女の空隙を埋めようとしていたとき、わたしはいったい何を求めていたのだろう。このハインの写真は一九〇五年に撮影された。この年はわたしの祖母が生まれた年で、祖母の兄弟が生まれる前だ。仮にエリス島に辿りつかなかったと思われるわたしの祖先だとすると年代が早すぎる。叔母の話の不確かさは当時からわかっていたが、わたしもまさに同じことになっている。あのハインの写真に写っている人物が多少とも似ていたのは、むしろ暗く何かにとり憑かれたふうになったわたしの姿であり、わたしの祖母ではなかった。もっとも、背の高い者、背の低い者、肌の色の薄い者、肌の色の濃い者が籤引きのように入り交じる父方の家系で、祖母の母がどんな外見をしていたかわかる者はいない。

　歴史の研究をするようになったのは自分が歴史をもたないからだ、そう考えることがあるが、本当のことを捉えることの難しい一族について本当のことを語ってみたいからだ、と思うこともある。それをいちばんよく充足してくれたのは、事実と私的な関心を排した確かな関係を結ぶことではなく、自分の願望や目論見を明らかにすることだった。なぜなら、真実は出来事の連なりだけではなく、望むことや求めることにも潜んでいるからだ。隠れたもの、失われたもの、忘れられたもの、あまりに大きいもの、あるいは、あまりに捉えどころがないもの。わたしが書いてきた歴史の多くは、そんな、ほかの者の関心には浮上してこないものだった。綺麗に整えられた誰かの庭ではなく、さまざまな土地を巡り流れてゆく、何者にも帰属しない小道や水脈のような歴史。美術史というものは、とりわけ、ほとんど聖書的ともいえる系譜として語られることが多い。画家たちが純粋に画家たちから生み出されてゆく、一本の長い系図の線。旧約聖書が父系のみを辿り、母親たちを、あるいはその父たちをも顧みないように、綺麗に整えられた物語はそれ以外の媒体や出会い、つまり詩、夢、政治、疑い、幼年期の経験、土地の感覚といったものがもたらす典拠やインスピレーションを顧みることがない。そして歴史はまっすぐな線よりも交差や枝分かれや絡まりあいによってつくられているのだということを忘れてしまう。わたしが先祖たちと呼んでいたのは、そうした他なる歴史の源だった。

しかしわたしのこの曾祖母は、また別のものを体現していた。これほどわたしに近い縁者が謎と未知なものを体験していることは、ひょっとすると恵まれたこと、大草原を覆う大気のように寛大で、物惜しみのない贈り物だったのかもしれない。ちょうどある種の問いが答えよりも深い奥行きをもっているように。あのshul、すなわちかつてそこにあったものが刻印した軌跡、いままさに彼女がそうなって、それを辿る旅をわたしはしているのかもしれない。系図を調べ上げ、遠戚を探し出し、本当になにがあったのか知る手立てはあったのだろう。けれどその本当の物語は彼女のものであって、わたしにとってはともに時間を経ながら姿を変えてきたあのさまざまの物語が本当の物語なのだ。草原に降り立つひとりの女性の姿をはじめて心に抱いてから長い年月を経たいま、わたしの近くに鮮やかにみえているのは、精神病院への道中の湿地に群れる翼の赤い鳥であり、家路の途中のチェリー・サイダーであり、ガマの穂を縫うように飛ぶ鳥の赤い閃きのようなその味だ。近所の芝生に生える硬貨ほどの大きさのヒナギクをみかけるとき、わたしはよくあの萎れてゆく花輪を思う。まるでその鳥がわたしの縁者で、その土地が祖先で、血管にはチェリー・ジュースが流れていた、それがわたしだとでもいうように。

叔母は、この話題についてそれ以上語ることがなかった。彼女の最期の日をわたしたちはともに過ごした。その前日の晩、叔母の友人が電話をしてきて、肺癌の進行が早いと告げた。わたしたちはまだひと月かふた月は残されていると思っていた。わたしはそれまでになく忙しい日々を送っていて、仕事を放り出して駆けつけるという性格でもなかった。けれども翌朝、なぜかわたしは彼女の住む森へ車を走らせていた。その家はヴィクトリア朝時代の夏のリゾート地だった一角の北向きの斜面に建っていた。もともと一年を通して住まうような土地ではなかったうえに、育ちすぎたセコイアスギのためにいつでも薄暗くじめじめとしていた。日当たりの悪さも飼っていた五匹の猫も病気にはよくなかったが、叔母は最期までそこにいると決めていた。彼女は二十年前に木材の伐採からこの町の流域を守り、その後の前例となった裁判で闘ったことをいちばんの誇りにしていた。

わたしは北へ向かい、子どものころ過ごした町を通り抜け、さらに町々を過ぎ、リンゴの果樹園を過ぎ、ブドウ畑を後にして、鬱蒼としたセコイアスギの森に分けいり、叔母の家につづく短く急な土の道路を登った。彼女はやつれ切り、恐れたように目を見開いていた。シューシューとやわらかな音をたてる機械から送り出される純粋な酸素を呼吸していた。本と雑誌にうもれた食卓の上を猫たちが歩いていた。わたしは自分がはじめて出版した本を手渡して、その酸素ボンベをもって家を出ようと誘った。わたしたちはずっと、その達成のお祝いにランチに出かけようといっていた。わたしの勝利は彼女の勝利でもあった——彼女は、わたしが書き始めるよりもずっと前からさまざまな本や手本をあたえてくれていたのだ。叔母の指すまま、来たこともない道を通り抜けてゆく間に、彼女はたくさんのことを話した。どれだけこの土地を愛していたか。わたしが土地を買うところをみないうちに逝ってしまうことがどれだけ悔しいことか。彼女の子どもたちのことやわたしの家族のこと、小さな樹から伸びてゆくこのもう一本の枝。わたしの未来について。あの日、わたしたちは話さなければならなかったことをすべて話した、後になってそう思った。

流れに沿うようにして走ってきた河が海へ近づき、広く静かな河口に変わっていった。午後の陽光のなかで銀色に輝いていた。海と同じ銀色だった。わたしはそれをみながら、この瞬間、物語として語られていたことのうち二つは確かなことだと思った。沿岸に住む多くの部族が信じるように、死者の魂は海を越えて西へ向かうということ。そして、死が、河が海に入る場所として語られること。わたしは死に向けて叔母を運んでいた。あるいは、雷鳴の瞬間が凍りついたようなあの輝きのなかで、わたしたち二人を死に出会わせるために走っていたのだとさえ思えていた。後にしてきた森が冷たく燃える水と光のなかに、いっそう暗くみえていた。わたしたちは色のない、輝くばかりの死の風景に踏み入っていた。そこはまるで生命のように生き生きとしたものが満ち、恐れることを忘れさせるほど雄大な異界だった。そこから少し走ってレストランに着き、彼女にその海がみえるようにわたしに彼女がみえるようにして座った。翌日、彼女は譫妄に陥り、海へ行った日から四日後に自宅で亡くなった。

その九か月後、スコットランドの従兄弟の家で二枚の写真がみつかった。とても鮮やかに覚えているものだった（叔母の三人の子のうち、まるで植え変えられた新しい土が合わなかったとでもいうように二人はヨーロッパへ戻った。彼らの母は古風な左翼のように合衆国を酷評していたが、彼女のセコイアスギの森や、河や家を愛し、そこから遠く離れることはほとんどなかった)。その写真をみて、わたしの想像のなかでどれほど彼らが変貌していたのかを知った。机に向かってこれを書きながら、はじめて、わたしもまた過去を消し去っていたのだということに気がついた。わたしのミドルネームは曾祖母の名を英語風に変えたものだということはずっと前からわかっていたが、わたしは十代のころにそれを捨てた。響きが気にいらず、自分のラストネームが珍しいぶん、ミドルネーム自体が不要なものだと思っていた。いまになってようやく、それがどの曾祖母に由来していたのかを知った。この物語を書きながらにして、ようやくその知られざる女の名を、わたしの名でもあるその名を知った。いまやわたしの名の空隙となったその名を。

第４章

隔たりの青

The Blue of Distance

一五二七年、スペイン人アルバル・ヌニェス・カベサ・デ・バカは上官の方針に逆らい、司令官が隊員を引き連れて内陸を探検している間、艦隊を安全な入江に停泊させて待つようにとの命令を拒んだ。司令官ナルバエスがその理由を訊くと遠征隊の副司令官だったカベサ・デ・バカは答えた。「司令官殿が船にお戻りになれるとは思えないのです。艦隊からふたたびみつけることもできないでしょう。みじめな装備をみれば誰でもそう考えます。安全な船の上で自らの名誉に疑いを抱くくらいなら、わたしはむしろ内陸でまちかまえる危険に身を投じたいのです」と。こうしてナルバエス、カベサ・デ・バカと三百人の隊員は、満足な備えもないまま北に向かい、ヨーロッパウチワヤシの生える無人の土地を十五日間にわたって旅した。そこは、十四年前にフアン・ポンセ・デ・レオンがフロリダと名付けた土地だった。一行と遭遇した先住民は北に行けば「アパラチェンと呼ばれる地方があり、そこには大量の金や、望むものすべてがある」といった。名誉と欲というふたつの扉に導かれて、カベサ・デ・バカは一切が未知の領域へと踏み出していった。

彼らが発見したアパラチェンは四十ほどの藁葺きの家がならぶ集落だった。トウモロコシが実る畑、干しトウモロコシや鹿皮や「小さくて出来の悪い肩掛け布」を収めた倉、それが宝のすべてだった。一行は黄金を求めて歩みを進めた。水につかりながら湖を渡り、幾日となく放浪し、先住民と争い、連れてきた馬を食糧にし、筏を造ってスペイン人の入植地があるメキシコを目指した。彼らは目的地がどれだけ遠いのか知らぬまま、強力な弓矢や病や飢えに斃《たお》れ、あるいは溺れて死んでいった。彼らのような初期の征服者《コンキスタドール》と同じ迷い方をする人間は二度と現れることはないだろう。彼らは地理も気候もまったく知られぬ大陸をさまよい、まったく言葉の通じない人びとに出会い、土地も植物も、あるいはスカンクやワニやバイソンといった、彼らの故郷の大陸とはおよそ様子の違う動物たちも何ひとつ名指す言葉をもたぬまま突き進んでいったのだ。

アメリカは征服はされたが発見はされていない、そうエドゥアルド・ガレアーノは指摘している。来訪者は先住民に押しつける自らの宗教と黄金への夢を携えてやってきたが、自分たちがどこにいるのかほんとうに知ったためしはない、そして現在もなおその発見の途上にあるのだ、と。この指摘は、つまり、ほとんどのヨーロッパ系アメリカ人は幾世紀も迷ったままではないか、ということだ。実際的な意味よりももっと深い意味において、自分たちが真にどこにいるのかを理解し、土地の歴史や自然に関心を払うという意味においては迷いつづけていたのではないか。彼らはそんなことには拘泥せず、カボチャやメープルといった産品を食卓に上げるようになり、同じようにしてコネチカットやダコタやラクーンといった言葉を彼らの語彙に取り込み、その一方で故郷にちなんだ地名をあたえ、植物や動物や習慣を持ち込み、後に残してきた場所をそこに再現しようと試みた。ところが、カベサ・デ・バカとその一行は、いつしかこの土地と、そこに暮らす人びとによって征服されていった。そして、カベサ・デ・バカは少なくとも自分がいる場所を発見したのではないかと思える。遠征に参加した六百人の隊員は、わずかに四名を残し、自らの死地がどこであるのかも知ることなく命を落とした。争いや病気や飢えによって短時間で死んでいった者もあれば、部族に引き取られたり奴隷になったりしてゆっくりと死に向かった者もあった。彼らの物語は、そのほとんどが歴史の間《あわい》に失われてしまった。

ミシシッピ・デルタに出ると、ナルバエスは隊員のなかから丈夫で健康な者を選んで自分の筏に乗せて先に漕ぎ出し、残りの二艘は置き去りにされた。日々が過ぎた。そのうち一艘が嵐で失われた。カベサ・デ・バカは残された筏で指揮を執った。乗り込んだ隊員は皆「互いに折り重なるように倒れ、死にかけていた。何名かはもう意識がなく、立ち上がれる者は五名もいなかった。日が落ち、筏の番をできるのは舵取りと自分の二人だけになった。暗くなって二時間ほど経つと、彼はわたしに代わってくれといった。自分がその夜のうちに死ぬと思ったのだ」。カベサ・デ・バカはそう回想している。真夜中がすぎ、「こんな有様で大勢が死んでいくのをみているくらいなら、自分の死を進んで受け容れるほうがましだった」。夜明けを迎えるころ、波の砕ける音が聞こえてきた。昼の光のなかで彼らの視界にみえてきたのはおそらくのちのテキサス州のガルベストン島と思われる。隊員たちは「意識を取り戻し、立ち上がる力と、希望を取り戻しはじめた」。先住民のお陰で魚と根菜にありついた。やがてふたたび漕ぎ出したものの、筏は岸辺近くで転覆した。「生き残った者は生まれたままの裸の姿で難を逃れ、すべての持ち物を失った」。彼らはふたたび先住民に助けられた。冬が到来して、スペイン人たちが飢えはじめる一方、先住民は彼らがもたらした赤痢によって死にはじめた。筏を失ったおよそ九十名のうち生き残った十六名は、その地を〈破滅の島〉と名付けた。

カベサ・デ・バカはその部族の奴隷となり、水底や籐の茂みから根菜を掘り出すなどの過酷な労働を課された「堪えがたい」生活を送った。彼は言語も衣服も武器も地位もすべてを剝ぎ取られて丸裸にされたが、そこを逃げ出し、その一帯で貝殻と代赭石〔顔料などに用いる赤鉄鉱〕とメスキート豆の商売人として身を立てた。彼には並外れた体力と、自らを繰り返し生まれ変わらせてゆく能力があったようだ。一日一食の粗末な食事を摂りながら、何日も、あるいは何週間も歩いた。そしてふたたび奴隷になり、そこで同じように生き残った者たちに再会し、彼らとともにこの新たな囚われの生活からも脱走した。別の部族のテリトリーに辿りつくと彼らは治療者として迎えられ、一行は春までそこに留まった。この時期の彼の回想で驚かされるのは、メスキート豆を探しているうちに迷子になったと記されていることだ。転がりこむように入りこんだ新たな生活にどこまでも適応していたために、人跡のないメスキート豆の林で帰り道と仲間を見失ってしまうまで、自分が迷っているとは思わなかったのだ。彼は五日間、夜に暖をとれるよう火種を残した松明を手にしてさまよった。五日目に、ナルバエスの遠征を同じように生き延びた者に出会い、インディアンに遭遇し、ウチワサボテンの実をふるまわれた。

焦げるような日光の下で裸で生活していたために、彼や仲間たちは「年に二回、蛇のように皮膚が脱げ落ちる」と彼は述べている。日差しや風や労働の生傷にも苦しんでいた（ただし、一行のうち「ニグロ」と呼ばれていたエステバニコあるいはエステバンというアフリカ出身の男は日差しには強かったかもしれない）。そして、またしても「わたしたちは医者の役を果たすようになり、なかでもわたしはもっとも果敢に何でも治そうとした。処置の正しさに自信がうまれ、わたしたちがいる限り誰も死ぬはずがないという確信まで抱いていた」。さまざまな部族と暮らすうちに何か月もの月日が流れ、すでにフロリダの悲惨な出来事から幾年も経過していた。彼らは西への旅をつづけた。その途上のどこからか、彼らは次第に聖性を帯びた存在となり、身ひとつのしぶとい男たちの旅は三、四千人もの地元の民が付き従う凱旋行進となった。訪れた村々は彼らを奇跡を起こす者としてもてなし、舞いを奉じて敬意をあらわした。彼らには銅製のラトルや、珊瑚のビーズや、トルコ石や、緑色の孔雀石でできた——カベサ・デ・バカはエメラルドと信じたが——五つの鏃《やじり》が贈られ、六百の鹿の心臓が捧げられた。彼が〈心臓の村〉と呼んだその地に至ったのは、九年間の彷徨を経たのちのことだった。

その後、ほどなくして征服者《コンキスタドール》の痕跡が目につき、その噂を聞くようになった。どうやら征服者はいまのニューメキシコ州にあたる「広大で誰もいない領域」に到達したようだった。「そこに住んでいた者は、キリスト教徒を恐れて山岳へ逃れていた」。カベサ・デ・バカと三人の仲間は、征服者の「殺人や略奪や過酷な使役をやめさせる」と先住民に約束して安心させ、先へ進んだ。カベサ・デ・バカがのちに記した記録によれば、ただ情け深い態度だけが先住民をスペイン人とキリスト教に服従させることができる、と彼は進言したという。そしてある日、皮膚の黒い仲間と十一人の先住民とともに出発して三〇マイルの道のりを歩き、その翌朝に奴隷狩りをしている馬に乗ったスペイン人に追いついた。スペイン人たちはまるで違う大陸の人びとや土地にやすやすと順応して暮らしている裸の人物をみて仰天した。カベサ・デ・バカは同胞のもとへ帰ろうと十年近く骨を折ってきたにもかかわらず、この出会いは初めからすんなりとはいかなかった。スペイン人たちは彼が連れていた一行を奴隷にしようとしたのだった。彼も仲間もこれに激怒して「その場から立ち去ってしまい、弓矢も荷物も五つのエメラルドの鏃も忘れて全部失くしてしまった」。ふたたび身を寄せたインディアンたちは彼らを征服者と同じ部族とは信じなかった。なぜなら「我々は日の昇る方角から来たけれど彼らは日の沈む方角から来た。我々は病む者を癒すが彼らは健康な者でさえ殺してしまう。我々は何も着ずに裸足で来たが彼らは服を着て馬に乗り槍を携えていた。我々は何も欲することなくあたえられたものをあたえ返してきた。しかし彼らは誰かまわず会う者から奪い、誰にも何もあたえることはなかった」。この日没の方角からやってきた男たちは、フロリダに上陸したころのカベサ・デ・バカの姿にほかならなかった。

メキシコのスペイン人入植地に辿りついたのち、カベサ・デ・バカが衣服を着て床以外の場所で眠れるようになるまでしばらく時間がかかった。裸で暮らし、蛇のように脱皮をするようになり、欲や恐怖心を忘れ、人間が失えるものや経験できることのほとんどすべてを剝ぎ取られたにもかかわらず、彼は複数の言語を習得し、治療者となり、ともに生きた先住民への敬慕の念を抱くようになり、自らを彼らと同じ存在と感じるまでになった。彼は以前とは違う人間になっていた。国王に宛てた彼の報告には簡潔で素気ない文章が綴られている。土地や食べ物や出会った者などの事実が淡々と叙述されているだけで、細かいことはほとんど述べず、無味乾燥な言葉がつづいている。彼の魂がくぐり抜けた驚くき変容を語る言葉は、少なくとも彼にとっては存在しなかった。彼は南北アメリカ大陸で迷える者となった最初期のヨーロッパ人のひとりであり、帰還してそのことを語った最初の人間だった。そして同じ境遇を辿った者の多くと同じように、もといた場所へ戻ることによってではなく別の存在へ変容することによって迷える身を脱したのだった。

カベサ・デ・バカとその一行はアメリカの風景のなかへ突き進んでいった。しかし、その後の数世紀の間には、多くの者が自らの望みとは関わりなく、すなわち囚われの身としてそこへ入ってゆくことを余儀なくされた。帰還できた者のなかにはその経験を綴り、あるいは語る者があった。これは捕囚の物語として、まぎれもなくアメリカ的な文学ジャンルを形づくるものとなった。帰還を果たせなかった者の物語が綴られぬままだということはいうまでもない——その旅路は書き言葉あるいは英語という言語の外部へ、物語の別の地平へつながるものになった。

　こうした迷い人や囚われ人は、まず故郷からの遠さや自分が望むものまでの距離を感じるのが常だった。そして、ある時点で驚くべき逆転が起こり、その場を居心地よく思えるようになり、あれほど切望していたものごとが遠くてよそよそしく、不要なことに思えてくる。中には、ある瞬間にそれまでの願望が単なる習慣によるもので、実のところ故郷に帰ることを望んでいたのではなく、すでに帰るべき場所に暮らしているのだと悟る者さえいた。身をおいている境遇がしだいに身近なものになってゆくにつれ、帰郷の夢が少しまた少しと色褪せていった者もあったはずだ。彼らは新しい言葉のように身のまわりの物事を学び、ある日、自分がそれを流暢に操っていることにふと気づくのだ。いつしか、こうしたさまよい人にとっては遠いものが近くなり、近いものが遠くなった。馴染みのない事物は、彼らが拒まずに受け容れるうちに、しだいに親しみを帯びて感じられるようになった。十年間におよぶ彷徨の終わりには、カベサ・デ・バカはもともと身をおいていた文化と齟齬を来たすまでになっていた。しかし彼はそれを棄てることなく、辿りつくべき目的地として、終着点として心に留めていた。それが彼の意志を支え、移動をつづけさせた——その到着はまた別のトラウマを彼にあたえたのではあるが。むしろ帰ることを拒んだ者も多かった。

一七〇四年の真冬、マサチューセッツ州の辺境《フロンティア》の町ディアフィールドがフランス系入植者とインディアンに襲撃され、七歳になるユーニス・ウィリアムズは囚われの身となった。同じく捕囚となった彼女の家族全員と近隣に住む者の大半、合わせて百十二名はモカシンをあたえられ、マサチューセッツ北部からニューハンプシャーを縦断してモントリオール近郊まで雪のなかを歩かされた。襲撃者の幾人かは負傷し、ほどなくして死んだ。囚われた者のうち、ついて歩くことのできない幼児や産褥期の女性——ウィリアムズの母もまた——は道すがら殺され、遺体は雪のなかに打ち棄てられた。子どもたちの多くは誰かの手によって運ばれ、ほとんど、あるいはまったく歩くことはなかった。子どもたちの一部は単なる囚人ではなく、養子の候補だった。ユーニスの兄スティーブン・ウィリアムズはアベナキ族、次いでペナクック族の部族長に囚われていたが、一七〇五年の春にキリスト教的にいえば〈救済〉された、すなわち身代金によって釈放された。一方、ユーニスはモントリオール近郊でイロコイ族（モホーク族）に囚われたまま、還ることはなかった。

イロコイ族には、死没した家族に代わる者として養子を迎えるという儀礼的な慣習があり、戦闘で死んだ者の代わりとして捕囚をとることがあった。囚われた者は新しい名をあたえられ、家族の一員として扱われた。新たな名が死んだ者から取られる場合には、名とともに死者の属性や人格の一部が受け継がれることとなった。つまり儀礼を通じてユーニス・ウィリアムズは正式に別の誰かとなった。数年のうちに、生き残っていた彼女の家族は全員もとの清教徒社会に帰還したが、彼女が共に暮らす者は、まもなく自分たちは「彼らの信心とは縁を切り」、ユーニスもそれに続くであろうといった。彼女は留まり、じきに英語を話すことを忘れ、新しい名を受け容れ、さらにカトリックの洗礼名をあたえられ、後にはイロコイ族の名をもう一つあたえられた（清教徒の牧師だった父親にとって、カトリックへの改宗はインディアンになることに劣らず衝撃的なことだった）。

一七一三年、十代後半になった彼女はコミュニティのなかでフランソワ・グザヴィエ・アロズンという男と結婚し、彼が死ぬまでの五十二年間、生活を共にした。兄のスティーブンの日記には、一七二二年にカナダから来た男に会ったと記されている。「男から悪い報せを聞いた。あわれな妹はインディアンの夫と暮らしているというのだ。二人の子がいて、一人は生きているが一人は死んだ、と」。ウィリアムズ家はいつまでも彼女を失ったことを嘆き、彼女が霊的にも見放されてしまったという考えを捨てなかった。しかし、ユーニス・ウィリアムズはとうの昔に捕囚として生きることをやめていた。一七四〇年、最終的には彼女はスティーブンら兄たちと再会し、ともに故郷へ帰り、彼らとともに「教会での礼拝」に参加するまでになった。「きっと彼女は家に戻り、久しく離れていた神の秩序にも帰ってくるはずだ」と思われた一方で、彼女は伝統に即して「インディアンの毛布を身につけること」を止めようとせず、夫とともに草地に野営し、親族と同じ屋根の下で暮らそうとはしなかった。彼女は大きく隔たってしまった心情や文化の隔たりに向きあおうとはしていたが、自分の見方を捨てて彼らを受け容れることはなかった。さらには、一度ならず生家を再訪さえしたものの、自らを捕囚とした人びとの共同体を離れることはなく、ついに九十五歳で死ぬときも彼女はそこにいた。

ユーニスは手の届かぬ別の世界へ渡っていってしまった、家族はそう語っていたが、驚かされるのは、十八世紀であってもその種の境界は揺らいでいるということだ。彼女がともに暮らしたモホーク族がモントリオールのイエズス会と近しく結びついていたことをはじめとして、フランス系とイギリス系の入植者、および先住民のさまざまな共同体の間には盛んな交流があった。とはいえ、やはりそれらは別物だった。彼女は肉親の言語を口にしなくなり、三十年以上彼らに顔を合わせることもなく、清教徒とは似ても似つかない信仰や習慣をもつ人びとの間に身をおいていた。ジョン・デモズは、ウィリアムズについて書いた『救われざる囚われ人』のなかで、イロコイ族はむしろ子どもには居心地のいい社会だったのではないか、そして白人たちにとって受け容れ難く、あるいは想像もできなかったのは、先住民の文化を選ぶ囚人がいたことだったのではないか、と述べている。改めて考えると、カベサ・デ・バカが属していたスペイン人社会やユーニス・ウィリアムズの家庭は、いくら身近にあるとはいっても、ともに暮らすようになった先住民の文化よりも抑圧的なものだったように思える。そこにはどこか征服者の甲冑のように堅くとげとげとした、あるいは清教徒の教義のように鬱々として頑迷で、硬直的なところがあるのだ。

　そのことは、スティーブン・ウィリアムズがユーニスは悲劇の犠牲者だと信じ、彼女は帰郷を待ち望んでいた囚人なのだという以外の考え方をひたすら拒絶し、妹が別の人間になったと理解しないことにも表われている。この文脈において「迷った《ロスト》」という言葉は豊かなニュアンスを帯びている。捕囚となる者は、最初、見知らぬ土地へ連れていかれ、文字通りに迷って《ロスト》いる。そして救い出されない限り、残された人びとにとって彼（彼女の場合が多いが）はずっと失われた《ロスト》ままだ。それゆえに、しばしばその人についても失くした傘、見失った鍵と同じ失くしたモノのような喪失の語彙が用いられる。そのとき、すでに彼（たいていは彼女）が囚われ人や迷い人ではなくなっているとは認めないのだ。しかし、改悛した奴隷商人が「かつて迷いし《ロスト》わたしはついに見出された」（「アメージング・グレイス」の歌詞）と聖歌で唱うとおりに、迷う《ロスト》という語彙には宗教的な次元がある。異教徒に囚われた者は、キリスト教や文明からも隔てられて霊的にも見失われた、と思われるのが常だった。そのために現在の境遇とはかかわりなくいつまでも迷える者なのだと人びとは思いつづける。しかし本人が同じように考えるとは限らず、彼らはいわば現在を受け容れるために過去を失う必要に迫られたようにも思える。その記憶や紐帯の喪失こそ、順応のために支払われた代価だったのだ。

一七五八年にペンシルベニアで家族とともに攫われたメアリ・ジェミソンは、記録者に向かって自分の経験を語った。そのためウィリアムズの場合とは違い彼女の言葉は生き延びた。彼女が十五のころ、開拓民だった両親の農場が襲撃された。一行から遅れないように鞭を持ったインディアンに追い立てられながら、食糧も水もあたえられずに幾日も歩かされ、「暗くどんよりとした沼のふち」に連れていかれた。彼女と幼ない少年にはそこでモカシンがあたえられ、まだ旅はつづくようだった。一方、二人以外の捕虜は両親や兄弟もすべて殺され、「おぞましいやり方で切り刻まれた」。ユーニス・ウィリアムズと同じように、彼女もまた他人の子となった。ジェミソンは死んだ兄弟の代わりとして二人のセネカ族の女性に預けられた。その「心根がよくて優しい、おっとりとした人たち」を彼女は終生二人の姉と呼んだ。そのトラウマは小さくないものだったはずだ。誘拐、家族の殺害、そして唐突に始まる別の文化や言語に囲まれた暮らし。そのすべてに順応できるかどうかにかかっていた。そしてこの囚われた子どもたちは生き延び、新しい暮らしのなかですくすくと育った。その断絶は、誕生にも似た突然で荒々しいものだったはずだ。

一年以上のちに、ともに暮らしていたセネカ族がジェミソンを連れてフォートピット

〈後のピッツバーグ〉へ行ったとき、彼女は白人の熱心な興味の的になり、姉たちは「わたしをカヌーに乗せてふたたび川の向こうへ戻ってしまった」。彼女たちは休むことなく漕ぎつづけて暮らしていた場所へ逃げ帰った。「英語を話す白人の姿をみたとき、いっしょに故郷へ帰りたい、文明の豊かさが恋しいという、言葉では表しようのない気持ちが湧いてきました。このときの突然の出発と白人たちからの逃避行は、まるでもう一度囚われの身になったようなものでした。自分の悲惨な境遇について延々と悩むようになり、最初の誘拐と同じくらい悲しみ、落胆しました。わだかまりを拭い去ってくれたのは時間でした。どんな愛着でも時間に抗うことはできません。そうして以前のような落ち着きを取り戻しました。夏の間はトウモロコシ畑の手入れをして過ごしました……」。結婚し、子を産み、夫を亡くし、そのころには彼女にとってセネカ族が故郷になっていた。

　彼女を連れ戻して金をもらおうと考えたあるオランダ人に尾《つ》けまわされるようになったとき、白人社会へ戻ることがふたたび現実の可能性を帯びはじめた。ジェミソンは二度と囚われの身にはならないと心に決め、「能うる限りの速さで」隠れ処へ逃げた。するとこのオランダ人にヒントを得たセネカの部族長が自分の手で彼女を返して身代金を受け取ろうと考えたので、彼女はまたしても逃げ出し、幼ない息子とともに叢に身を隠した。そこから出て行くことをかつて切望した場所に懸命に留まろうとしていた。彼女は再婚し、さらに六人の子を産み、「シックス・ネイションズ〔イロコイ連邦〕の族長から寄贈」された広大な土地を手にし、そこで長い人生の終わりまで生きた。記録者の手を通じて書かれた自伝のなかで、彼女はその人生を「決して繰り返されるべきではない、絶え間ない悲劇の連続」と呼んだ。ただし、彼女が言わんとしているのは自分の子どもたちに起こった死や仲違いのことだった。彼女の身に起こった困難はすべて彼女だけの私的なものになったのだ。住んでいる土地を白人農家に貸すようになり、その土地もまた二つの文化の交わる場となった。

彼女たちのような東部の囚われ人にとって、文化と文化の境界線は重なりあう地理空間のなかで曖昧なものになっていたが、シンシア・アン・パーカーの場合はそうした曖昧さとは無縁だった。一八三六年、九歳の彼女はテキサスの平原に住みはじめた——侵略した、ともいえるが——ばかりの家族とともにコマンチェ族に攫われた。家族は虐殺された。彼女だけが生き延び、新しく身をおいたコミュニティのペタ・ノコナという傑出した人物と結婚し、息子二人と娘一人を産んだ。四半世紀ののち、今度は白人が争いを仕掛け、彼女は末の子を抱いたまま馬の背に乗せられてまたしても攫われた。夫は戦闘で落命したと聞かされ彼女もそう信じていたが、事実は異なるともいわれている。仮にそれが誤解だったとしても、それきり彼女が夫や息子たちと再会することはなかった。彼女はフォートワースにいた叔父に引き取られ、娘と逃げてしまわないように夜の間は鍵をかけて閉じ込められて囚人のように暮らすことになった。かつての自分のものであり、いまやそうではなくなった文化のなかで彼女は十年間暮らしたが、ついにふたたび英語を満足に話すようにはならなかった。ある男は、彼女に会った印象をこう記している。彼女は「険しい顔付きをしていて、視線が合うと目を伏せた。手斧を使う力は男と変わらず、働かぬ者を嫌っていた。毛皮をなめすことに優れ、編み物細工に長け、ロープや鞭などを作るのが上手だった。二人の息子は平原でどこかへ行ってしまったと考えているようで、それがひどく無念そうだった」。白人たちにとって彼女が救い出された存在だという認識は変わらなかったが、彼女自身は自分がなおも囚われていると思っていたようだ。そのうちに娘が死んだ。そして囚われ人となってから十年後、彼女は食を拒んで次第に衰弱し、流感で死んだ。息子たちに再会することはなかったが、死の四十年後に息子の一人が亡骸を引き取りに現われ、彼女は息子の属する世界に改めて埋葬された。

過酷な話ばかりというわけではない。たとえば、一八四〇年代にテキサスからカリフォルニアに一家で移住してきたトマス・ジェファーソン・メイフィールドの例がある。サンホアキン・ヴァレーに居を構えた一家は、近くに住む先住民のおかげで魚や獣やどんぐりで作ったパンの蓄えを欠かすことはなかった。彼の母親が亡くなった後、父親は忙しなく移動せねばならない仕事と育児の両立を難しく思い、息子をチョイヌムニ・ヨクツ族に委ねることにした。いつも男性的な戦闘から接触が始まっていたこれまでの捕囚の物語、そしてカベサ・デ・バカの荒々しい未知への突進に比べると、メイフィールドの異文化への移行はおどろくほどに穏やかだ。ヨクッ族は母親に代わる存在になるのだが、誰かの里子になるというわけではなく、皆に目をかけられながら彼は子どもたちのなかに溶け込んでいったようだ。十年間ヨクッ族の家に暮らし、三年もの間、父親とは会わなかった。そうしている間に南北戦争が始まり、白人入植者によるヨクッ族への抑圧が強まってくると、彼は出自の社会へ戻っていった。メイフィールドの回顧録は、いくつかの意味合いで捕囚の文学に終止符を打つものとなっている（ただし、その後も十九世紀の間には囚われの身となる者はあった）。その理由は、先住民部族が自分の土地で自由に振る舞えなくなっていったからだ。つまり、文化的支配が広がってゆくなかで彼ら自身もまた囚われた者となり、しかもこれまでの子どもたちのように友好的に遇される者はほとんどいなかった。もはや一人ひとりではなく、それぞれの社会の丸ごとが、いきなり近いものと遠いものの隔たりを越えて他なる世界との衝突へ追い立てられていったのだ。

こうした物語を読んでいると、追跡や狩猟の技術や、方角を知る知恵や、サバイバルや脱出の技法が大事に思えてくる気もする。生存《サバイバル》への欲求は現代でも日々の光景に顔を覗かせている。たとえば、車や衣服のなかにはその場の環境よりもはるかに険しい状況に対応できそうなものがある。なにかしら過酷な事態のために備えているのだ、とでもいうように。ただし、本当の困難や、本当に生存のために必要な技術はもっとわかりにくい領域に隠れているのだろう。そこで必要になるのは何か物事が起こったときに対処するための備え、いわば精神の回復力《レジリエンス》だ。捕囚となった人びとが烈しく劇的なやり方でみせてくれているのは、実はわたしたちの日常生活でも起こっていること、つまり人がその人であることをやめる過程なのだ。彼らほどドラマチックなことはほとんどないとしても、近いものと遠いものを行き来する旅に似たことはいつでも起こっている。古い写真、昔からの友人、色褪せた手紙、そういったものがあなたはもうかつてあなただった人間ではない、ということを思い出させることがある。あの人たちと暮らしていた人、これを気にいっていた人、それを選んだ人、あんなことを書いた人、その人はもう存在していないのだと。人は自分で気がつかないうちに広大な隔たりを旅しているのだ。新奇なものが見慣れたものになり、見慣れたものは、珍しさはなくともどこか馴染みがなく、小さくなってしまった服のような居心地の悪いものになる。そして、もっと遠くへ旅に出る者もいる。生まれながらにして十二分な、そうでなくとも疑う必要のない自我を備えている者がいる。一方で、生き延びるため、あるいは自らを満たすために自我をつくり直すはるかな旅に出る者がいる。ある人びとは、価値観や習慣を家のように相続する。けれどもわたしたちのなかには、その家を焼き払って自分の立つ大地を探し、内面的な変身《メタモルフォーシス》のためにゼロから建てねばならない者もいる。こうした移行は文化的な変身を伴うときいっそう劇的なものとなる。

蝶は、その一生のうちで一度ならず肉体をすっかり分解して別の肉体をつくり上げる。パット・バー異なる文化に投げこまれた人はそうした蝶のような苦悶をくぐり抜ける。

カーは小説『再生』で、ある医師を登場させている。この人物は「変化や治癒の初期段階はしばしば悪化しているようにみえるということをとてもよく知っていた。蛹を切り開けばそこにあるのは腐りかけたような芋虫で、半ば芋虫で半ば蝶というような神話的な生き物は決してみつからない。そんなものを探し求める人間の魂の象徴としてはぴったりなのだが。そうではなくて、変態の過程はほとんどすべて崩壊なのだ」。それでも、ギリシア語では蝶を指すのと同じプシケーという語が魂を意味するくらい、蝶は人間の魂の象徴としてよくできていた。わたしたちの言語には、この崩壊あるいは引きこもりの段階、始まりの前に到来する終わりの時代を十分に受けとめる言葉がない。おなじく、開花のように優美なものとして語られる羽化という暴力的な変身を表現する言葉もない。

　これを書いているとき、人づきあいやら雑事やらから少し解放されたので、わたしは近所にある、少し前に修復を終えて再開されていた古い温室へ行ってみた。閉鎖の原因になった冬のひどい嵐以来、九年ぶりだった。巨大な地図のような黒光りする葉とか、ブドウの蔓や苔や蘭を眺めて、あのしっとりとした空気を、記憶のなかにある蒸すような心地よさを吸い込むことができるのだろうと思っていた。ところが、乳色の曇りガラスで囲われた大きな温室の西翼は蝶の庭園に変わっていて、部屋の真ん中に蝶の羽化場がつくられていた。ガラスの少し奥に棚のように浅い窪みが並んだ厚い木の板が据えられていて、そこに未来の蝶たちが種類ごとにずらりと並べられていた。蛹はそれぞれに内側の蝶を思わせる形をしていて、ときどき、みながじっとしているなかでひとつだけかすかな風に吹かれたかのように揺れるものがあった。みている間に四匹の蝶が出てきた。別の日にまた行ってみたときにはさらに七匹が。

蛹から出てくるとき、蝶の羽は畳んだパラシュートか丸めた紙のように小さくなっている。出てくる姿をみていても、あの大きな羽がそんなに狭いところに入っていたとは信じ難い。蝶が胴体をあらわにして出てくるときの姿は、羽が伸びてしまえばその印象にすっかり隠れてしまう。このときの蝶はまるきり虫、つまり昆虫の姿をしていて、有情の花のような、鮮やかな色をした生きる羽になるとは思えない。胴体がたっぷりと湛えている液体は、蛹から出た後で羽に送り込み、空を舞えるよう羽をまっすぐに伸ばすためのものだ。ほとんど変化のわからないような段階を経て羽が伸びてゆく間、蝶たちはそれぞれの蛹にじっとしがみついている。うまく抜け出すことができないと、羽は伸び切らないままになってしまう。じっとしている一匹の蝶をみるとオレンジ色の羽の先が蛹のなかで丸まったままになっていた。半身だけ抜け出して行き詰まってしまったものもいて、黄色と黒の羽が咲くことのない蕾のようだった。狂ったように脚をばたばたさせているものは、蛹から抜け出すためにまだ開いていない近くの蛹を掴もうとして、そのせいでほかの蛹も身をよじるように蠢き始め、パニックが伝染していく。なんとか抜け出すことはできていたが、もう羽を伸ばすには遅すぎたかもしれない。それ以前の姿から突如として、しかも丸ごと抜け出さねばならぬとき、その変容の過程の大半は崩壊と、その後にやってくるこうした危機に占められているのだ。

蝶の一生のうちにはそれほど劇的ではない変化もある。齢《れい》〔instar〕という、脱皮と脱皮の間の一つの段階を指す少し風変わりな言葉がある。蛇や南西部を歩くカベサ・デ・バカのように、幼虫は繰り返し皮を脱ぎ捨て、齢を刻みながら育つ。何度脱皮を経ても幼虫はその幼虫のままだが同じ皮の下にあるわけではない。ほとんどの変化には晴れがましくはっきりした称賛があたえられることはないけれど、卒業や教化の完成やもろもろの変化に際したセレモニーのように、そうした節目を徴づける儀礼もある。齢という言葉には、天上的であると同時に内向的で、天国のようでありながら破滅的な、そんな響きがある。たいていの変化というものは遠くと近くの間で揺れつづける、そんな地中に埋められた星のようなものなのかもしれない。

第５章

手放すこと

Abandon

その見捨てられた病院でいちばん美しいのは剝がれかけのペンキだった。幾度も塗り重ねられた淡い色の層が、放置された年月のうちに細かくひび割れ、めくれ上がり、裏表にさまざまな色を覗かせていた。薄片が薄い樹皮のように壁にとどまり、あるいは落葉のように積み重なっていた。遠くの戸口から差し込む明かりだけに照らされた長い一本の廊下を歩いていた。天井や壁からペンキが大きな幕のように垂れ下がり、わたしの起こしたわずかな空気の揺らぎに浮き上がった薄片が、ゆらゆらと舞いながら、わたしの航跡を描いて落ちていった。そこでわたしたちが撮影していた映画の粒子の荒いフィルムは、そんな繊細な光景を捉えることはできなかった。わたしが長い廊下を歩いてくるシーンで、首のあたりに強い逆光が射して、ときどき頭が胴体から離れて浮いているようにみえたことを覚えている。わたしはその病院にさまよう生霊になっていた。

それは二十歳のころ、つまり人生を半分ほど遡ったころだった。同い年くらいの男の子が、サンフランシスコのきみの家のそばの廃墟になった病院で一緒に映画を撮らないか、というまになってでも人生でいちばん礼儀正しく民主的に思える提案をしたのだった。そうしよう、と答えて提案のとおりにして、その後六年間、二人ですばらしく穏やかな生活を送り、その後もしばらく仲良くしていた。彼は試験では計れない才能のある神童というタイプで、読み書きは不得手でも機械や視覚・空間表現は天才的で、自己表現や物事の意味を考えるよりエンジニアのように問題を解決することが得意だった。脚本や話の筋は彼の手にあまってしまうので、わたしはあれこれと考えて、彼のスーパー8カメラと、もう希少になっていた大事な白黒フィルムのストックを使って病院の廃墟で撮れそうな話をこしらえた。そんなことをしていた一九八〇年代のはじめごろは、いま思えば廃墟の黄金時代だった気がする。

　パンクの全盛時代に子どもから大人になったわたしたちが生きていたのは明らかに何かの終わりの時代だった。モダニズム、アメリカン・ドリーム、産業資本主義、そしてある種の都市の終わり。わたしたちを取り囲むように街に散らばる廃墟がその証明だった。ブロンクスは幾ブロックも幾マイルもつづく廃墟だった。マンハッタンにもそんな界隈があちこちにあり、国中の団地が崩壊しかかっていた。サンフランシスコやニューヨークの経済を支えてきた船着場ではたくさんの桟橋が打ち捨てられていた。サンフランシスコの巨人だったサザン・パシフィック鉄道の車両基地や、この街でいちばん目立っていた二つのビール工場も荒れるに任されていた。馴染みの通りには空き地が目立ち、歯抜けのいやらしい笑みを浮かべているようだった。富と政治と将来のヴィジョンに見放された街に廃墟が溢れ返っていた。都市の廃墟はこの時代の徴であり、都市にパンクの美学が吹き込まれる場所だった。そして、いろんな美学がそうであるように、パンクの美学にもある種の倫理が、つまり振る舞い方や生き方にかかわる世界観が息づいていた。

廃墟とはつまるところ何なのだろう。都市にある廃墟、すなわち自然に委ねられた人間の構築物は荒野《ウィルダネス》の誘惑を孕んでいる。それは未知の予感に満ちた場所、良いことも悪いことも何が起こるかわからない場所の魅惑だ。人間の——主には男性による——制作物である都市は自然の力によって朽ちてゆく。地震やハリケーン、腐敗や侵食や錆びの仮借ない歩み、あるいは微生物によるコンクリートや石材や木材や煉瓦の分解、さらには野から帰還した動植物の複雑な働きが素朴な人間＝男性世界の秩序を解体してゆく。経済的・政治的な理由で維持管理の手が止まると、こうした自然の乗っ取りを押しとどめるものは何もない。廃墟には、破壊活動や放火や戦争によって、歯止めを失った人間によってつくられるものもある。ヨーロッパやアメリカ南部の都市は戦争という意志による廃墟化を被ってきたが、この国の北部や西部はそんな理由なしに荒れ果てていった。この時代の芸術には、廃墟を精神的な出自にするものが多い。一部の写真や絵画、大量の音楽、SF映画、さらにはロックのビデオクリップやファッション写真の背景まで。そこに登場する衣服は着古されて擦り切れていたり、戦闘服や蜘蛛の巣を思わせたりするものだった。そこにあるのは手放されたもののランドスケープだ。まず無関心と暴力の放逸が訪れ、その廃墟をパッションの奔流が満たしてゆく。

都市は計測や管理や生産能力のあるネットワークとして、つまり理性ある精神の似姿を目指して建設されている。それに本当の生命をあたえるのは都市の無意識や記憶となり、未知、暗部、失地となる廃墟だ。廃墟のおかげで都市は計画図から解き放たれた生命体のように入り組んだものへ姿を変え、探検はできても地図にすることは難しそうな、そんなものへと変わることができる。この変身は、おとぎ話で彫像や玩具や動物が人物に変化するのと同じだ。命を帯びるおもちゃとは違って都市は廃墟によって死んでゆくのではあるけれど、それは死体が花の養分になるような、何かを産み出す死だ。都市の廃墟は街の経済活動からこぼれ落ちた場所であり、ある意味では芸術という街の日常的な生産や消費の活動からはみ出したものにはおあつらえ向きの場所なのだ。

パンクロックは啓示の力をもってわたしの人生に飛び込んできた。ただしいまになっては、その啓示の正体は、張りつめたわたしの内面の圧力と釣り合うだけの音楽が速く獰猛だったということに過ぎないのかもしれないと思う。十五歳だったそのころの自分を思い描こうとすると、立ち上がる炎と、世界の縁《ふち》から落ちてゆくわたしの姿がみえてくる。そして世界の外側ではなくて内側で生き延びたことにびっくりする。その前もその後も自分といちばん響きあう場所が田舎や自然の風景だということは変わらないが、パンクと出会ってからの十年間だけはむしろ都市がそういう場所だった。わたしはよく、物質的なものと精神的なものにサンドイッチのように挟まれたたわごとのことを社会的なものと呼んでいる。社会的なものを極限まで単純化して、人間の可能性を予見可能な狭さに限定するものと捉えた場合ではあるが。狂ったようなダンス、ステージダイビング、骨を震わせるスピーカー、政治的な怒りと衝動が誘発する極限状態、そういったものを含むパンクは、この社会的なものへの反抗の一部なのだ。廃墟のように、社会的なものもまた荒野になりうる。そこでは魂もまた野生を取り戻し、自分自身を越えたもの、想像の及ばないものを探し求める。そして官能や酩酊や侵犯と手を結ぶようなある種の荒野は、自然よりも街中に見つかることの方が多い。そこにはある種の時間も、つまり青年期の時間、そして夜の時間も流れている。

　頭をよぎるのはデメテルとペルセポネのことだ。ペルセポネは、ひょっとすると冥府の神ハデスとともに地下の世界へ駆け落ちしてほっとしていたのではないだろうか。たとえば母デメテルから逃がれる方法がそれくらいしかなかったとしたら。頭ごなしで子が独り立ちすることさえ認められないリア王が親として優れていたとはいえないように、デメテルもまた悪しき親だったのかもしれない。ペルセポネにとってハデスは彼女の好奇心に応えられる知的でクールな年上男性だったのかもしれないし、彼女は実は暗闇や、半年間もの冬や、舌を刺すようなザクロの味や、母親からの自由を愛していたのかもしれない。彼女は、本当の意味で生きているためには、まさに冬という季節のように死を頭の片隅におかなければならない、ということを知っていたのかもしれない。彼女は冥府の女王として成人し、力をもつようになる。ハデスの世界は冥界《アンダーワールド》と呼ばれる。都市においても、法の埒外の世界は暗黒街《アンダーワールド》と呼ばれている。ホピ族の創造神話では人間は他の生きものとともに地下から現れたのだという。わたしたちの生きる文明でも、文化はそんなふうに地下の世界から湧き上がっているのだ。

のんびりとした小さな町でときどき場違いなファッションをしたティーンエージャーをみかけることがある。わたしたちが若者だった時代から掘り起こしたようなずたぼろで薄汚ないやぶれかぶれの格好だ。その年ごろの若者にとって本当の心の拠り所になっているのは地下の世界であり、彼らはそれにいちばん近いものを街の塵が吹き溜まる暗がりの奥にみつけるのだ。実際に思春期には生物時計も変化して数年間は夜行性のようになるともいわれる。生に向かって成長する幼少期を過ぎ、青春期にその極みを迎えるとわたしたちは死に向けて歩みはじめる。この着実にやってくる死は、積極的に受け容れるべき、世界の拡大のように感じられる。なぜなら、こうした文化に生きている若者にとって成人とは牢につながれるようなもので、死はそこからの解放を保証してくれるからだ。「心の半分は安らかな死を求めている」と二十六歳で死んだキーツはいった。わたしたちもまた同じだった。当時、わたしたちが求めていたその死はただの概念に過ぎなかったのだが。

見捨てられた病院で撮られた映画にわたしがつけた題名は『生につける薬』だった。映画を撮りはじめる少し前、夢をみた。宿舎というよりは鉄道駅のような、殺風景で天井の高い大部屋に低いベッドが並んでいて、わたしはそこにずらりと寝ている女のひとりだった。そこは軍の慰安所だった。たぶん、ジョイ・ディヴィジョンの影響がいくらかあったのだと思う。彼らはいまでいうインダストリアルなスタイルで陰鬱な、もの哀しい響きを奏でる斬新なバンドとして登場したのだが、わずかな数のアルバムを発表した後に作詞とリードヴォーカルのイアン・カーティスが縊死してしまった。「ジョイ・ディヴィジョン」とは性奴隷を収容したナチスの慰安所を指す言葉だった。夢には性労働ははっきりとは出てこなかった。そこではこんなことが起こった。並んで横になっていると、男が近づいてきて何か小さなものを手渡した。その何気なく渡された贈り物をみて、わたしはそこから自由に出て行けるのだと悟った。たぶん、この手のなかの小さな物体の重みの分だけわたしは他のみんなとは違うのだからとか、ひとつの選択によって他の選択への道が開かれたのだとか、素朴な連想が働いたのだろう。夢のなかでわたしは行動を起こしていた。映画はその脱出譚のスピンアウトのつもりだった。

慰安所のシーンは撮影しなかったけれど贈り物は実際に作った。それは彼が書いた文字をわたしが刺繍したリボンで、何年か前の誕生日に叔母からもらったウラジミール・ナボコフの『青白い炎』から引いた「失くした手袋は喜んでいる」という不条理な諺を掲げていた。そもそも、その映画自体が丸ごと、この脱出劇を自分の言葉で書く勇気をくれた監督である彼からの贈り物だったのかもしれない。フィルムもまたクレタの迷宮からテセウスを救い出した糸のような長いリボンではないか。一ブロックを占める病院は廊下と病室が入り組んだ五階建ての建物だった。わたしたちは槍を並べたような鉄のフェンスをよじ登り、割れた地下室の窓から入った。おそらく浮浪者か探検好きの仕業で、彼らのものと思われる先客の痕跡はそこかしこにあった。複雑で巨大な建物は、迷宮やら無限の図書館やらといったボルヘスの話をあれこれと思い出させた。わたしのストーリーも、この病院が外部を持たない内部だけの無限の空間だということになっていた。実存的病《やまい》のメタファーであり、映画のなかでヒロイン――丈の長い古着の白い夜着を来たわたし――が古ぼけた廊下の埃っぽい光のなかを延々とさまよう理屈でもあった。当時は廃墟とか薄汚れた都市を舞台にした追跡劇の時代だった。『マッドマックス2』も『ターミネーター』も『ブレードランナー』も全部この時期だった。

　わたしの脱出劇映画で起こる主な出来事のひとつに、狂った医者に誘拐される場面があった。この医者は人間の魂は肉体のどこかに宿っていると信じて、その場所を探す手術を繰り返し、何人もの犠牲者を出しているのだ。そんな人物がわめきつづける長いモノローグを書いた。外科手術用のマスクで口元を隠しているので無音のフィルムにアフレコするときも苦労がなかった。人物の造形は、叔母が贈ってくれた本のなかにあったジュナ・バーンズの『夜の森』を少しヒントにしていた。『夜の森』は思春期に誰もが読むという本では決してないのだが、性の苦悩や極限的な状況が描かれているという点ではその資格があったはずだ。頭に浮かんでいたのは、屋根裏に住み、異性装に耽るおしゃべりな医師マシュー・オコナーだ。この真珠を散りばめたような小説のなかでも特に魅力的な言葉は、傷心の主人公に向けて、その医師が愛や夜について一章分を費して延々と語りかけるなかにある。

この映画監督とわたしはその後も自分たちの能力の使い道とその舞台を模索するのだが、このときの映画自体は美しく荒れ果てた空間をゆっくり味わうための口実のひとつに過ぎなかった。そこには遺体のサイズの錆びた引き出しが並ぶ霊安室があり、タイル貼りの見学用足場で上から覗き込めるようになった演示用の手術室があり、ストレッチャーを移動するためにスロープがあり、大昔の患者の診断と治療が記されたカルテの束があり、錆びだらけの風変わりな装置があった。そしてなによりも、埃だらけのガラスから見捨てられた病室や通路に差し込む光があった。映画のために呼び集めた友人のほとんどはわたしたち同様素人で、そのとき唯一アーティストとして活動していたのがマリーンだった。あるカットで彼女は楽譜が散らばった剝き出しの鉄のベッドの上でチェロを弾いた。そして彼女が楽譜のなかから拾い上げる一枚の地図、カメラを回す彼が描いたその地図が、自分がつくり出したどこまでもつづく病院からわたしを連れ出してくれるのだった。

マリーンと最後に会った夏の夜、わたしたちはナイトクラブに出掛け、いろんな計画をたて、はじめて会ったときの思い出を語りあった。その夜の七年前、彼女はもうすぐ十七歳、わたしはようやく二十一歳に手がとどきそうな、あの映画を撮りはじめる二、三か月前のことだった。最初にみたのはバンドの練習場になっていた郊外住宅のガレージに歩いてゆく彼女の姿だった。春の午後、グレーのレザージャケットを着て片手にベースを下げていて、実際よりもずっと年上でしっかりしているようにみえた。彼女本人と、彼女が弾くベースの旋律はいつもアンバランスに思えた。たとえば少女がサーカスの筋骨逞しい馬の群れを乗りこなしながら曲芸を披露するみたいに、なにか圧倒的なものを離れ業のようにコントロールしてみせた。誕生日の細い蠟燭のような指をしていて、そこにできたタコと、そこから血が出るまで弾くのがマリーンの誇りだった。チェロからエレキベースに持ち替えた彼女には、体と不釣り合いに大きな楽器は慣れっこだった。チェロの夢をよくみるの、とその日知り合ったあと、ガレージで彼女はいった。チェロがボートになっていて、わたしはオールを漕いで家族から離れていくの。そのチェロが彼女の人生でどんな場所を占めつづけていたのか、毎日曜日に教会で演奏していたバイオリニストの母親が、どんな甘言を使って彼女に一緒に演奏するよう説得したのか、そのときのわたしはわかっていなかった。ただ、一度だけマリーンとその母親と、マリーンの親友だったたいけすかないコカインの売人がカトリック教会の深夜ミサで演奏するのを聴きにいった。そこはわたしが子どものころ、拠り所やしきたりの世界にあこがれてうろついていたところだった。

美しさと才能と気まぐれな性格、わたしに刻まれている彼女の印象はその三つだ。その天性の捉え難さは従わせようとする者にとっては頭痛の種で、わたしにとっては驚きの連続だった。彼女を見失わないことは不可能だった。繊細な男の子のようでもあり、燃えるように蒼ざめていて、子どものように柔かく曇りのない肌をして、大きいというより切れ長の目は陰があって獰猛だった。かつての追われた動物のような神経質な様子と、その最後の晩のエレガントに変身した姿をよく覚えている。人はまるで野の動物みたいに彼女を捕まえようとして、子どもみたいに世話を焼こうとした。美は、しばしば、単に欲望やあこがれを駆り立てるだけのもののように語られる。けれど、もっとも美しい人の美しさとは、まるで驚くべき物語の主人公のように、その姿が運命や宿命や意味と重なるさまだ。彼らに向けられる欲望には気高い使命への渇望が含まれており、美は快楽だけではなく意味への扉のようにもみえることがある。とはいっても、ほかの人におよぼす力を除けば、そんな人たちの多くは取り立てて特別な人ではない。類い稀な美しさや魅力といったものは、洗礼式のように邪な妖精が押し付けるもののひとつであり、それを背負った者に他人への大きな力をあたえてしまう。そして近づく者を難破させるセイレーンのようになるばかりで、自分自身の行方を考えるのを忘れてしまうことがある。マリーンにはそんな、わたしも彼女の物語を生きたいと人に思わせるものが備わっていた。しかし彼女には美だけではなく、才能も、勤勉さも、大胆さも備わっていた。

出会ってから数年間、わたしたちはとても親しくしていて、つきあう人びとも似たようなものだった。近所にあった売人の家を出たときは何か月か一緒に暮らしたこともあった。そのうち彼女が顔を出す領域は徐々に広がり、わたしはわたしでまた別の世界に呑み込まれていった。わたしはずっと同じところに住んでいたので、新しい番号から電話をかけてきたり、誰かとの同居を解消して母親と祖母と同じ家で暮らしはじめたとか、仕事が流れたとか、そんな知らせをもってきたりするのはいつも彼女のほうだった。けれど最後に会ったころ、ふと思い立って彼女が家族と住んでいるアパートの呼び鈴を鳴らしたことがある。たまたま彼女はロサンゼルスでレコード契約を済ませて帰ってきたところで、わたしたちはすぐに昔の二人に戻った。五月のはじめのころだった。その二、三週間はよく話した。六月になると、マリーンは土曜日の夜に一緒に出掛けようといい、二人で夜遊びに出掛けた。そしてお互いへの敬慕を確かめ、過去を掘り返し、いろいろな未来への計画を描いた。

マリーンがみせてくれたのは、わたしにまったく縁のなかっためまぐるしい世界のきらめきと、わたしとはかけ離れた才能の輝きだった。書きものという芸術はいちばん肉体から遠く、読み書きはたいてい個人的で孤独な経験だから、演じ手の体が直接観る者と触れあい、文筆家がめったに経験しないような交歓をつくり出す音楽やダンスはいつもわたしをとりこにしてきた。言葉を携えた音楽もある。ロックにはときに詩へ近づこうとする言葉もあるけれど、言葉はまず音として、心よりも先に体に語りかける。音楽家という生き方についてただのスリーコードのパンクロッカーでは飽き足らない意識を抱いていたマリーンは、次第にロックンロールのなかでも政治性が薄く技巧的な領域に引き寄せられていった。大作曲家たちとつきあいのあった曾祖父の代から家庭の一部になっていたクラシック音楽だけではなく、マリーンはあまり人が知らないような教養をびっくりするほど身につけていた。あの人はサド侯爵みたいなあごひげをしていると呟いてみたり、聞いたこともないような言葉を使ったり、バロック時代や聖アントニウスの誘惑といった話題を苦々しく語ったりした。図版がたっぷり載ったオーデュボンの昆虫図鑑を手に入れて喜んでいたのも忘れられない。彼女がサンタモニカに住んでいたときで、まるでエキゾチックな生物への好奇心がこの亜熱帯の都会に充満しているようだった。

彼女のことは、三つの印象ではなく三つの場所で語ることもできるかもしれない。わたしたちの故郷であり軽蔑と逃避の対象でもあった郊外、彼女にとって我が家のようなものだった夜の街、そして、ヨーロッパの抒情的な文化とか、二人とも子どものころ裏庭から眺めていた山並みのようなのどかな世界。彼女の父親は、母親がヨーロッパの音楽院に留学中に出会った音楽家で、彼女は会ったことがなかった。彼女の名はある作曲家の愛人の名から取られた。母はとても若くしてマリーンを産み、母子《おやこ》はほとんどの時間を祖父母と過ごした。家に居がちな母と、苛立ちを抱えて隠棲しているかつての音楽家の祖父母の間で、つまり、働いているようにも子どもに慣れているともいえない三人の大人たちの間で彼女は成長した。わたしが行くと、いつも祖母のさけび声が響いていた。「がみがみ婆さん」と彼女は呼んでいた。「怒れる家がヴェルディのコーラスを歌ってる」。さけびは止むことがなく、連禱のような呪詛や雑言、時刻やら暖かい服やらについての粗野な小言が延々とつづき、吠えるようにして若者の野蛮さを、この若者の残酷さを訴えつづけた。休符のない詠唱か、句点のない長大な怒号のような言葉は、すくなくとも十年は止んだことがなさそうだった。マリーンが出かける素振りをみせると声はいっそう激しくなり、電話口に割って入り、階段を下りて玄関の外まで追いかけてくるのだった。もともとは保護者の義務感に駆られた小言だったのかもしれないものが、もう久しく調子っぱずれもいいところだった。

　話をきくたびに彼女の生活は変わっていた。同居人が変わり、次のバンドへ移り、雇われ、クビになり、大成功に手が届きそうだったり、失敗から立ち直る途中だったり。十代のおわりごろには、いつしか男性より女性の恋人とつきあうことが増えたようにみえたが、それも何もはっきりとはわからなかった。彼女にとって安定と安心は退屈なものだったのだろうか、わたしにはわからない。進んでカオスへ飛び込んでゆくのは気まぐれな破滅願望ゆえの無謀さのあらわれだったのだろうか。それとも、そういった危うさは薬物と冒険と音楽活動の、つまり地上からはみえない薬まみれの音楽界で繰り広げられる交遊の蠱惑の付属品にすぎなかったのだろうか。彼女の無頓着さとその佇まいは、世界と向きあう自分のあり方を必死に模索していた若者の目にはひどく印象的に映った。欲しいものや必要なものを自分や他人にあらわにする率直さとはまるで正反対のものを彼女は備えていた。わたしたちははっきりとしない名づけようのない感情の波に翻弄されていた。

十代のころ彼女は目の醒めるようなアイシャドーをしていた。深い青、ピンク、金色、そのほかの眩しい色を使って、まるでビザンチン美術のモザイクのような目をしていた。その後目元の化粧はだんだん薄くなって、最後に会った晩にはまったくしていなかった。老けてみえるから、と彼女はいった。彼女は二十四歳だった。褐色だった髪を黒く染め、雪のように白い肌のほっそりとした彼女は、まるでそのまま写真に変わってしまいそうで、儚さを絵に描いたようだった。目を閉じたまま顎をすこし上げ、額にかかった髪をかき上げる、くたびれた自意識を漂わせたあの晩のしぐさ。二人ともブラックジーンズに黒いTシャツを着て、ブーツを履き、レザージャケットを羽織っていた。わたしの家に寄って彼女のデモテープを聞き、わたしの最初の本の原稿をみせ、鏡の前で念入りにめかし込み、そこで二人して踊り、クラブでまた二人で踊った。彼女がつきあっていた同じバンドの年上のミュージシャンが、何もいわずにそれをみていた。最後にはバイク乗りが集まるバーに辿りついて、彼女はそこにいた大きな猫を膝に乗せ、わたしたちは最後の一杯を飲んだ。

マリーンは晴れやかな顔をしていて、クスリはやめたという言葉も本当だと思った。出かけたのは土曜日で、木曜日に女性と会う予定があるといった。わたしにも彼氏にもいっしょに来てほしいといった。そのことについてはいつもよりしつこかった。火曜日には電話をかけてきて、シャツとセーターをわたしの車に忘れなかったかと聞き、木曜日は朝十時に段取りを電話をするから、と念を押した。彼女が自分からそんなにはっきり約束するのは珍しかった。それもあって、電話が鳴らなかったので、わたしは彼女が何週間か前から住んでいた、バンドが借りていた家に電話をした。マリーンは火曜の夜に死んだ、とその年上のミュージシャンはいい、言葉を詰まらせた。「かわいそうに」「信じられないんだ」。

マリーンとの冒険は数え切れない。わたしの二十一の誕生日の午後、サンフランシスコの北西の端にある巨大な〈サトロ・バス〉〔塩水プールを中心にした保養施設群。十九世紀末に建設され一九六六年の火災で廃墟となる〕の廃墟まで、あの映画監督と三人で行ったこと。激しく波が打ちつけて飛沫《しぶき》が何十フィートも舞い上がっていた。春先に緑が映える近所の坂道を歩きながら、変わりばえもせず若い女にハードドラッグをやらせていた世界的な老ロックスターの邸宅のプールに石を投げこんだこと。ひどく暑い日に森のなかの氷水のような沢に入り、つま先が青くなるまで歩いたこと。爪上げしようと出かけたのだが、その日は風が吹かなかった。十九歳のころ覚醒剤《スピード》をやりすぎて脱水症状で倒れ、病院のガウンを着させられて、投げやりで機嫌の悪いマリーン。家で、首をかしげて自分の赤ん坊のころの写真を覗きこみながら、ムッソリーニそっくりだというマリーン。あの映画監督と、彼の父親の花壇で棘だらけのバラを摘み、二人でステージの彼女に向かって投げたこと。ボーカルが自分のご褒美だと思って取ってしまったけれど。彼女の実家の近所で、隣の盲学校の犬が吠えまくるなか、教会の墓地の壁をよじ登ったマリーンとわたし。家の留守番電話に入っていた、朗らかな、奇跡のような死ぬ半年前の彼女の声。「マリーンだよ！　愛してる」。

翌日、葬儀について聞こうとバンドの家に電話した。「でも彼女はとても幸せそうだった、ようやく全部手に入れたみたいに」というと、ミュージシャンは「マリーンは自分じゃ幸せになれなかった、君のおかげだよ」といった。彼がいうにはわたしと出かけた後、彼女は実家に戻って留守だった母の代わりに祖母の世話をして、火曜日の夜にパーティーへ出かけた。そのパーティーで摂ったなにかが彼女を殺した。驚きもしないし、現実とも思えなかった。彼女の母に電話をして、死に化粧をとてもきれいにしてもらったこと、そしてぜひチャペルの葬儀に来てほしい、ということを聞くまで、おかしな間違いか作り話のように感じていた。灰皿には彼女の吸い殻が残ったまま、ブラシには髪が絡まったまま、車には服を忘れたまま、耳には彼女の声が残ったままで、これだ。ほんの少し前に二人は並んで鏡をみていた、わたしよりほっそりして、たおやかできれいだったその彼女が。土曜日、わたしは聞いていたシンポジウムを中座して教会へ向かった。

初めて行くような場所だった。ジョージアン様式の玄関ポーチの奥に扉が両側に並ぶ長い廊下がつづいていて、葬儀に集まった子どもづれの家族がいぶかしげにわたしをみていた。扉の脇の記帳台におかれた芳名録に気がつくまでどこへ行けばいいのかもわからなかった。いちばん奥の記帳台にマリーンの名のある帳面があり、わたしはカーテンのかかった半開きのガラス扉に足を踏み入れた。礼拝堂風のほの暗い部屋だった。奇妙な静けさのなか、巨大な蠟燭が並び、ステンドグラスの窓越しに鈍く微かな光が注ぐ下、祭壇みたいな台の上にごてごてとした象牙色のお菓子のような大きな棺があり、ヴァンパイアの少年のような姿がそのなかにみえた。部屋の入口からみえる横顔は穏やかで、眠っているようだった。近寄ると光のせいかどことなくよそよそしくみえて、いつも小刻みに揺れていた表情がどれほど彼女を印象づけていたのかわかった気がした。白いサテンの棺の内張りがベッドのように柔らかそうで、わたしは思わず呟いていた。「マリーン、マリーン、マリーン、目を覚まして」。

その後の二、三年の間、マリーンの母からときどき電話がかかってきた。あるとき、マリーンが死んだ夜は自分の結婚式だったと打ち明けた。結婚相手は母子《おやこ》の真ん中くらいの年齢の、若くて裕福な男だった。マリーンがその男をどれだけ嫌っているか聞いたことはあったが、結婚の話は聞いたことがなかった。式の翌朝、母が家に戻るとマリーンが母と祖母に買ったお祝いのシャンパンがあり、そこには「強い人になってください。とても強くならなければいけない時が来るから」とあった。それを聞いて、物事は違うようにみえてきた。母の結婚に動揺したマリーンは家が遠ざかるように思い、逃げ出すためではなく、戻る場所をなくして無謀になっていたのだ。わたしは彼女が車に忘れていった紫色のシャツとセーターを畳み、ベッドの下の棚に仕舞った。いまでもそのままだ。シャツのポケットにはくしゃくしゃになった飴玉の包み紙が入っていた。

数年前にその時代が奔流のように甦ったことがある。一九八六年にエイズで死んだピーター・フジャーの写真作品を大量に展示した、とあるニューヨークのギャラリーに足を踏み入れたときだった。いくつかのギャラリーで文字どおりコンテンポラリーなアートをみた後の出来事だった。それまでみていたデザインやファッションやさまざまな問題意識をスマートで小綺麗で巧妙に形にしたものから感じられるすべすべした街の感触は、わたしの心を揺さぶったピーター・フジャーの都市風景とは似つかないものだった。まさに肌触りが違うのだ。動物や、社会の除け者や、風変わりな人びと、あるいは廃墟のような場所を写したフジャーの鮮明な白黒写真の世界は、あらゆる意味でざらざらと荒れていた。穴だらけで、朽ちていて、官能的で、時の痕跡に満たされていて、何か吸いとるような力が感じられた。光や意味や感情が吸い込まれていくのだ。その街には再開発事業が必死に消し去ろうとする謎と危険のようなものがあった。ギャラリーからそう遠くないところには今や「ファミリー向け」の場所になったチェルシー・ピアがある。そこでは高価で管理が行き届き、危険も驚きもない高級スポーツクラブで、大勢の人びとがゴルフやクライミングといった場所を取り違えたような行為の真似事にいそしんでいる。それは目的をつくり出し場所を模造する、どこまでも人工のものだが、いつかはそれもまた廃墟へと膝を屈してゆく運命にある。

チェルシー・ピアのウェブサイトは、一九七六年からいまの状態になる一九九二年までの歴史をきれいに避けている。「しかし、チェルシー・ピアはふたたび陽の目をみるときまでただそこに留まり、波止場の潮風に錆びてゆく一方でした」と書かれているのみだが、ただそこに留まっていたわけではない。その年月の間には、あらゆる類いの性的なアウトローやつま弾きにされた人びとがこの束の間の自治空間に憩っていた。革を着たサドマゾヒストや、網タイツを履いた異性装者や、ホームレスや、ジャンキーたちが。このチェルシー・ピアは、ピーター・フジャーが撮影し、彼が目をかけていたデヴィッド・ヴォイナロヴィッチ（一九九二年にエイズで死去）がさまよい、書き遺した場所でもあった。「まるで爆弾でも落ちたみたいに、壊れた家具の間に古い船会社の書類が散らばっていた。三本脚のデスク、ミントグリーンの合皮張りの引っくり返ったカウチ。ずっと奥の壁に小さな四角形の光と風と川があった。彼の背中を壁に押しつけるように身を寄せて、セーターのなかに僕の白い手を這わせた……。暗くなりかけた倉庫の廊下を歩きながら、壁のいろんな落書きの写真を撮った。ふたなりの絵もあれば煙草をくわえた悪党の絵もあった……」。ヴォイナロヴィッチが湛えている感情と官能と美と道徳の高まりのようなものは、こうした場所と分かち難く結びついているように思える。仮に彼が——クイアで不良でならず者で活動家だった彼が——その時代の典型的な芸術家だったとすれば、それは当時がこの種の場所の時代だったからだ。そこは廃墟のように荒涼としている一方で、可能性や自由の、法外でロマンチックな感覚が濃密に漂っていた場所、理想を抱く自由さえ残っていた場所だった。セックス・ピストルズの「ノー・フューチャー」のような痛切な理想ではあったけれど、理想には違いなかった。

「核兵器がいかれちまっても怖くはないさ」とザ・クラッシュは歌った。「だってロンドンは洪水で、俺は——俺は川辺に住んでるんだぜ」。当時はレーガンが核の瀬戸際政策を展開した時代で、あらゆる想像力に核戦争後の崩壊した世界が忍び込んでいた。「生者は死者を羨むだろう」、これは市民活動グループ〈ニュークリア・フリーズ〉がマントラのように唱えていたフレーズだった。本や雑誌やテレビ映画はこぞって廃墟となった北半球を空想していた。わたしはずっと、そうした核戦争後の世界を生きるつもりでいた。将来について考えたときには、サバイバルのスキルと大学の学位はどちらが役に立つのだろうと考えさえした。廃墟はまるで予言的な未来の建築物のように想像されていたけれど、それはかつて一時代を築いたものの変わり果てた姿だ。大規模産業都市は何か別のものに変化しつつあった。近郊都市に港を奪われたサンフランシスコとニューヨークはもはや虫の息で、都心には、小規模製造業に代わるようにして芸術家や、それを真似るようについてくる如才ない富裕層が入り込んでいた。

わたしたちは廃墟よりもはるかに恐しいものをつくり出す時代のとば口にいる。ここまで書いてきた時代のうちに、すでにシリコンのチップに宿った新しい生命があらゆる空隙に忍び込み、何の警告も発することなく核戦争よりもはるかに狡猾なやり方ですべてを変え、廃墟を拭い去ってしまう新しい富を生み出しつつあった。一九八〇年代に世の終わりを空想していたのは、それがマネーや権力やテクノロジーがつくり上げる見知らぬ複雑な未来、つまり逃げ出すことのできない入り組んだ世界の行く末を考えるよりも容易かったからだ。同じようにして、夭折を夢想するティーンエージャーにとっては、大人に求められるあらゆる決断やしがらみが自分をどんな人間にするのかを考えるより、死を思うことのほうが容易い。マリーンの死が自分の青春の終わりを告げているように思えた理由は、それがあの地下世界と自分の関わりの終わりを意味していたからだと思っていた。けれども、本当は死という現実を目の当たりにしたことこそがその理由だったのかもしれない。

マリーンの死は、わたしの人生が大きく変化した数年間の終わりとも重なっていた。父が遠国で死に、あまりに厄介でそれまで触れてもいなかった物事が表面化し、そのため実に教訓的な数々の魔物と格闘する破目になり、仕事を辞め、いまの生活、つまり独立した作家としての人生を歩みはじめた。あのときの映画監督はロサンゼルスへ移り、エンターテインメント業界で順調なキャリアを積みはじめた。この変化で進む方向の違いがはっきりしたので、わたしたちは別れた。わたしはそれまでの人生をすべて失くして、それまでよりも自由で開放的な別の人生を少しずつ手に入れていった。一九八〇年代は人生でいちばん都市的な時代だったとは思う一方で、あのきれいな丘の連なる郊外の郡で育ったマリーンとわたしは、二人とも田舎や野の世界に片足を残したままだった。そちらの方角がわたしたちが逃げ出す当てでもあったからだ。

地勢に薬物のような働きがあるとすれば、わたしたちの前世代にとって郊外は鎮静剤のようなものだったと思う。のんびりと佇む農場の建物、やがて袋小路に行き当たるゆるやかな道路の曲線、その均質さ、反復、あるいは小綺麗で空疎な地名は貧困や軋轢がもたらす絶望感を拭い、安普請の住宅や、バラックや、移民キャンプや、最下層の小作人たちの掘っ建て小屋を消し去るためにデザインされたものだった。それらが消し去ろうとしていたものこそ、わたしたちが掘り起こし、そこからアンダーグラウンド・カルチャーを、隠れ場を、わたしたちのアイデンティティをつくりあげたものだった。わたしたちはその微睡《まどろ》みを払い除けて、祖父母たちの世界を探しに行こうとしていた。わたしたちのような若者にとって失われたヨーロッパ、第二次世界大戦、そして絶望と窮乏はそれほど遠いものではなかった。それをあたえてくれたのが都市だった。都市はわたしたちに強烈な解毒剤を、覚醒のチャンスをあたえ、あらゆる可能性で包み込んだ——そのなかに悲惨なものも含まれているということを、わたしたちは苦しんだ末に知ることになった。わたしは都市に住みつづけているが、すべてが変化しつつあったあの日々には、別の方向へ向けて下って行こうとしていた。わたしの前に開かれていったのは、街の灯を遠く離れた、夜がただ眠りのため、星々のためにあるような世界だった。天の川がどんなものか知り、満月が砂漠の砂にどれだけくっきりとした影を映すのかを知っていった。

マリーンの放逸について考える。物事の帰結に恐れを抱かずに冒険へ飛び込んでゆくことは、ある意味で勇敢に思える。それとも、それは死よりも悲惨なものを抱えた絶望であり、麻痺と気晴らしと運命感——おそらく薬物があたえてくれたもの——への渇望であり、あるいは死への欲望でさえあったのだろうか。わたしが道に逸《はぐ》れて帰れなくなることを恐れて意識の果てを探ろうとしなかったのは臆病さのゆえだったのだろうか。十七歳で独りになり、早い独立はわたしを老成させた。ばらばらになってしまえば誰も拾い集めてくれなそうで、物事の行く末について考えるようにもなった。若者は現在にすっかり身を浸して生きるけれど、その現在はドラマと無謀さ、衝動的な振舞いと集団性がつくるものだ。若者は子どもの大胆さのままに振る舞って大人の帰結に行き当たる。そして何かを間違えると、恥辱と苦痛が彼らにとっての永遠の現在となる。大人とは、見通しの慎重さと思慮の蓄積によってゆっくりと着実に生きている状態だ。しかし、間違いを犯すことへの恐怖はそれ自体、生きることの妨げになるような大きな過誤を生むことがある。なぜなら、生はリスクに満ちたもので、取り損ねたものはもう手に入らないのだから。わたしはそんなふうにして多くの冒険の機会を逃してきた。けれど、選択したかもしれない道がたくさんあったこと、そのなかには狂気や悲惨さが潜むものがあったことは知っている。ちょうどマリーンが進んだ道のひとつに死が潜んでいて、彼女の才能や情熱が連れていってくれたかもしれないほかの道を閉ざしてしまったように。

それから二、三年を過ぎたころ、さまざまな精製段階のケシ抽出物の舌を刺す味を試す機会があり、そのせいで爬虫類になったような気分も味わった。アヘン類は肉体的な苦痛だけではなく実存の痛みも柔らげるようだ。自分の感覚や欲望や時間の流れの冷ややかな傍観者となり、あの長椅子と柔らかい布と長いパイプというイメージを期待通りに満足させる気怠さを味わえる。ただ、マリーンの死について聞いた話のなかには、アヘン精製物であるヘロインで死んだのではなく「目を覚まさせる」ために仲間が打った覚醒剤で死んだという話もあった。この二つは致死的な組み合わせで、この話のとおりなら、彼女は、警察の厄介を嫌ってただ一本の注射で彼女を蘇生できたはずの救急隊員を呼ばなかった臆病者のせいで死んだということになる。いまになってはそれが殺人だったのか、自殺だったのか、事故だったのか、あるいはそのすべてだったのか、もはやはっきりしない。マリーンは何度も何度も未知への跳躍を繰り返していたけれど、帰る家を捨てようとはしなかった。その一方で、わたしは一直線に、とぼとぼと出発点から遠ざかろうとしていた。

第６章

隔たりの青

The Blue of Distance

「ブルー」というタイトルのテープを作って、悲しみとか空の色とか、あるいはその両方を歌った曲を集めたことがある。ときどき車の長旅などで聞くためにこういうテープを作り、旅をしながらその曲の何が自分の琴線に触れたのか考える。その前に「地理学の（痛ましい）教え」というのを作ったときは、聞きながら場所の喚起力とその曲の感情の関係について考えた。河川と飲酒、つまり内と外の両面における溺れることをテーマにしたテープは「首まで浸かったミスター・ノース」と名付けた。曲はだいたい南部の歌だったが、この名前はF・スコット・フィッツジェラルドの「夜はやさし」に登場する致命的なアルコール中毒を抱えた作曲家エイブ・ノースに因んでいる。「ブルー」には、何かしらブルーズに関わりのある曲が多く、音楽が隔たりの青の向こうへ、あこがれの故郷に帰ろうとしているようにも聞こえた。

カントリーやウェスタン・ミュージックを発見したのは数年前だった。最近の、フィドルとトゥワング〔鼻声のようなカントリー独特の発声〕を混ぜ込んだ感傷的なポップスのようなものではなく、昔の、エモーショナルな出来事の深みに下りてゆくような曲のことだ。こういった世界とは縁遠い、海に近い地方の移民的でリベラルな文化に育てられたわたしは、この手の音楽は陳腐で下品で価値のないものだといわれつづけ、その実きちんと聞いたことはなかった。ある年の春に予期せずこのジャンルの音楽を浴びて、人気の曲のほとんどがエドガー・アラン・ポーかキャサリン・アン・ポーターの物語のような、悲劇と土地の物語に深く結びついた一種の南部ゴシックなのだと知ってびっくりした。喪失を歌う締めつけるような詞《ことば》がラジオの電波に乗りうつっていた時代を想像し、どうしてそれが陳腐で朗らかな現代カントリーになり果ててしまったのだろうと思った（ジャンルの片隅には偉大なバラード作家が残っていないわけではないが）。

わたしの心に沁みるのは、いくつかの連《スタンザ》とリフレインに短編小説を詰め込んだような曲だった。そうした曲にはいつも時間の隔たりが折り込まれている。取り憑かれたような、遠い記憶に触れるような、疾うの昔に死んだ者を歌っているか、少なくとも決して声の届くことのない愛する者に向けられた音楽。書きものに似て音楽もまた孤独だ。あの創造と内省の孤独のなかで、過去、未来、その間を無碍に流れる時間のなかで、けれど決して眼前に展開する物語とは違う時間を漂いながら自らに語りかける。夏の車の旅に流れていたのもそういう時間だったかもしれない。一日に六〇〇乃至千マイルを走り、繰り返す映画のように、幼な子がただ安心のためにせがむ物語のように展開される旅の時間。アリゾナからニューメキシコに至る四十号線と、ネバダからユタへ通じる八十号線と五十号線と、カリフォルニアの砂漠を横断する五十八号線と二百八十五号線に延びてゆく時間。さまざまな支線や一般道を過ぎながら、どこまで行っても同じようなメサと安食堂がみえ、光と雲はいつも違う、そんな旅の時間もそれと同じだったかもしれない。

そういった曲が必ずしもマイナーで主流から外れたものだったわけではない。とりあえず何か自分にとってまっさらな新大陸がないかと探しまわっていたころに、蚤の市で、タニヤ・タッカーの初期ヒットのカセットテープを二五セントだか五〇セントだかで買ったことがある。そのテープはまるで短編小説集のようだった。かつて美貌をもてはやされた女が、別離に正気を奪われ、遠い過去の幻に取り憑かれて街をさまよい、スーツケースを手に自分を捨てた昔の男を待つ〔Delta Dawn〕。「隣で横になってほしいの——この石だらけの野原で」、そう名のない恋人を呼ぶ名のない声が、耕すこともできない石だらけの野に佇む恋人たちのどこか尋常ならざる光景を呼び起こすのだが、とてもそうして欲しいという切実さのほかに、この奇妙な呼び掛けの理由らしきものはわからない〔Would You Lay With Me (In a Field of Stone)〕。(一九五七年に大ヒットしたパッツィ・クラインの「ウォーキング・アフター・ミッドナイト」にも、似たような独特の危うさがある。ドン・ヘクトとアラン・ブロックの詞で、女は歌のなかの「あなた」に愛を語ろうとして真夜中のハイウェイを歩くのだが、なにかを伝える方法としては穏当とも分別があるともいえないし、率直でもない。その迂遠さによって、孤独な風景のなかで失われてしまった名もない恋人に何かを伝えることの不可能さが際だつ〕。女が小さいころに声をかけてきた男のことを思い出している。男は母の名を聞き、お母さんからニューオーリンズというところを聞いたことがあるかい、という。子どもに妙なことをいって困らせた、として男は刑務所へ入れられてしまい、この歌の歌われるときにはもう死んでいる。そして男の亡骸の上には彼女の誕生を伝える母からの手紙があった、つまりあれは父娘との互いに気づかぬままの悲劇的な邂逅だったのだと歌う〔What’s Your Mama’s Name Child〕。そうしたすれ違いや果たせない出会いを歌いながら、これらの歌は墓に土を盛るように時間を折り重ねてゆく。

いつも、誰かが、遠い昔にたいていは別の誰かに起きてしまった悲劇を思い出している。だから胸の痛くなるような出来事であったとしてもどこか遠くにあるようなもやがかかっている。ジョゼフ・コンラッドが語り手を波止場の船に乗せ、誰かが語る遠い海の遠い昔の物語を語らせているときに立ち現れる時間にも似ている。聞こえてくるのはまだどこかで解かれるのを待っているなぞかけのような物語だ。まさにそうした歌であり、とりわけ気に入ったのは「ロング・ブラック・ヴェイル」だ。この歌の主人公は墓の下から歌う。彼は十年前、無実の罪で吊られて死に、その様子を親友の妻が無言でみていた。この二人は実は深い関係にあり、アリバイを証言すれば助かることもできたのだが二人はそうはしなかった。そしてあの有名なリフレインが、その女は長く黒いヴェールを纏って丘を訪れるのだと歌う。「夜風が泣く晩に俺の墓に来るんだ」と。ボビー・ジェントリーの一九六七年のメガヒット曲「ビリー・ジョーに捧げる歌」は主人公の女がタラハシ橋（チョクトー・リッジの下に架かる）から恋人を突き落としたと匂わせるのだが、この曲においてさえ、さえ、取り戻すことのできない時間、取り戻すことのできない喪失と過ちがバックミラーに映る幽霊か生き霊のようにみえる気がする。

　歌われる人物の多くは誰でもなく、名前すらもたず、ひどくあいまいにしか語られない。ある男、ある女、ずっと昔に死んだ恋人、不実な妻、冷たい夫、失われた希望、束の間の夢といったふうに。ただ、物語が繰り広げられる舞台は、微に入り細に入り、幾度も幾度も繰り返し歌われる。これらの悲しい歌は人間の愛の失敗を歌っているのだが、同時に呪文の詠唱か愛撫のような、歌われている場所への愛の歌でもある。橋、山、谷、街、州、川（川はとても多い）、ハイウェイの名、あるいは名ですらない描写が夢想のように呼び起こされ、「ロスト・ハイウェイ」〔レオン・ペイン、一九四八年〕、「ロンリー・ストリート」〔カール・ベロー、一九五九年〕というふうに心の風景もまたそれ自体が場所へと変わってゆく。つまり、明らかなラブソングである一方で、多くの曲の物語を深みから支えるものとして、より永続的な愛の対象となっているのは風景なのだ。「ロング・ブラック・ヴェイル」に歌われる墓、町役場の灯り、丘、絞首台といった場所は、いずれも人物よりもはっきりとした感触がある。人は時間を遡ることはできないけれど、愛の情景や、犯罪の現場や、幸福の舞台や、運命を決めた場所へ帰ることはできるということかもしれない。その場に留まり、手にすることができ、不死のもの、それが場所なのだ。その人をつくり上げたさまざまな場所が手で触れることのできる記憶のランドスケープとなり、その人自身もまたその一部となってゆく。人はそれを手中にしながら、いつかその内に囚われてゆく。

ブラウンズビル、サンアントニオ、メンフィス、ニューオーリンズ、ペコス。タニヤ・タッカーの古いテープに登場する固有名詞はそれだけだったが、ほかにもいろいろな通りや農地や川や店や刑務所や船着場といった場所が登場する。人物には名前がなく、悲嘆をみかねた神々がバラや泉に変えてしまった神話の登場人物のように、女たちは場所に溶け込んでゆきさえする。デルタ・ドーンと呼ばれた、捨てられた花嫁はその典型だ。あるいはもっと辛辣な、レイプされて心を閉ざし、ノー・マンズ・ランドと呼ばれるようになった若い女がいる。美しく成長して看護師になった彼女はある日自分をレイプした男の看護をすることになる。歌は仔細には語らないものの、彼女は看護せずに男が死ぬに任せていたと匂わせる。「いまも彼の魂はさまようの／無人の荒野《ノー・マンズ・ランド》の真ん中を」。ぞっとするようなこの歌が物語るのは、人が互いをどれだけ損なうことができるかということだ。男の魂は辺獄となった彼女に取り憑いてその荒野をさまよう、つまりレイプした男は彼女を二度苛んでいる。

重大な出来事があった場所には感情の刻印が残されている。だから場所の記憶を取り戻すときには感情もまた戻ってくる。その場所をふたたび訪れることが隠された感情を掘り起こすこともある。どんな愛にもそれぞれの風景がある。場所は、人がその場にいるときにだけ意味を持っていると語られるが、場所の感覚というものは、そのようにしてたとえその場にいないときでも雰囲気や強い感情と結びついた喚起力として人を支配している。内なる場所も外にある場所と同じくらいの重みをもっている。いわば場所は人の傍らに留まり、多くの宗教で土地の神や、場所につく神霊、地霊が信仰されているように、思いによって神格さえ帯びるのだ。歌い手が地理や物質や大地といった、単なる幻ではない、手で触れられる神々の間に生きているとすれば、歌に登場する「ケンタッキー」や「レッド・リヴァー」は歌い手が祈りを捧げる神霊であり、その歌は追い出されてしまった夢の時間を悼んでいるとも思えないだろうか。

そして、そこにある悲しみにはすべて官能的な快さがある。この世界では悲しみと快さは遠く隔てられたものと思えるのだが、その快さはどこから来るのだろうか。他人からやってくる喜びは常に悲しみを携えている可能性があるということだろうか。愛が損なわれなかった場合でも死がやってくる、というふうに。それとも、悲しみと喜びの区別のできない場所があるのだろうか。さまざまな感情が流れ込み、あらゆる感情がまざりあっている海のような、内面のはるかな深い場所が。あるいは、そんな悲しみは、わたしたちの人生の奥行きを語るわざの副産物にすぎないのだろうか。そして、そのようにしてあらゆる孤独と痛みの可能性として語られるものこそが素晴らしいということだろうか。造反の力をそなえた歌というものがある。それをもっぱら得意とするのはブルーズから分かれた枝のひとつであるロックンロールであり、若さと開けてゆく世界を歌い、自らの可能性で、充ちているあれらの歌だ。カントリーは、少なくとも古いものの多くは、そうではなく予、後に捧げられてきた。つまり前進をつづけることの難しさやそれ以上進めなくなったときに悟るもの。仮にそこにロックを越える深みがあるとすれば、それは失敗には成功よりも深みがあるからだろう。わたしたちが何かを学ぶのはたいてい失敗からなのだから。

　人に会うために。プロジェクトのために。冒険の地へ。あるいは家に向かって。どこへ向かうときでも、夏のドライブの車中は世間の生活をすべて中断した一人の時間だった。遮るもののない道がつくり出す美しい孤独に宙吊りになって、戸外の空間だけが生み出すことのできる内省のようなものに浸っていた。内側と外側というのは、普段区別されているよりも複雑に絡まりあっているのだ。地平線がどこまでも深い青をしているときや、雲があの壮麗な——思い出すのは容易くても説明するのはよほど難しいような——束の間の劇を演じているとき、風景は心に突き刺さるような、痛みに近い喜びのような情動を掻き立てる。サンフランシスコのアパートは冬の間だけの仮の宿で、年に何回かまわる西部の旅路がわたしの家なのではないか、自分は遊牧民《ノマド》のようなものかもしれないとも思った（昨今想像されるイメージとは違い、遊牧民には定まった周回経路があり、土地と安定した関係をもっている。最近の「ノマド」という言葉が感じさせる流れ者やヒッピー的なものとは程遠い）。それは、そのすべてが自分の家になっていたということだ。たとえば、ニューメキシコのギャラップの西側におそらく五〇マイル、東側に一〇〇マイルほどハイウェイに沿ってつづいているメサの景観は、いまそう書くだけでも心を深く揺さぶる力があって、そのほかにも同じような場所が何十とあり、いつしか新しい場所に思い焦がれるのではなく、昔から知っている場所に戻ってもっと深く知りたいと思うようになった。けれど、仮にそれが本当に家だったのならば、わたしは魔法をかけられたような広大さを自分の内に抱えつつ、同時にどこまでも深く疎外されていたことになる。

それは歌に出てくる人物にとっても同じで、そこで発揮される土地の名前の喚起力は、わたしが生活の中で感じてきたものと変わらないような気がした。わたしは人がそうした名を語るのが好きだ。ニューメキシコに住んでいたころには、カリフォルニアのわたしの地元から来た学生が口にする地名にうっとりとしたものだった。「セバストポル、オクシデンタル、フリーストーン、グラベンスタイン・ハイウェイ、ペタルーマ……」。いまいちばんわたしに訴えるのはニューメキシコの地名だ。ゴロンドリナス、モラ、チャコン、トランパス、チマヨ、ナムベ、リオ・エン・メディオ、キャニオンシート、スタンリー、モリアーティー、イースト・マウンテンズ、セリーヨス、セロ・ペロン。ブルーズを源流として、ほとんど地名と地理だけを語り唄う音楽があり、もはや一つのジャンルといえるものを形成している。有名な「ルート66」はそのよく知られた一角に過ぎない。（もしかすると、ブルーグラスの定番曲「オレンジ・ブロッサム・スペシャル」が地名を列挙する曲であるように、その源流は鉄道の車掌が呼び掛ける声かもしれない。たぶん列挙することは旅と深く難く結びついていて、さすらいの音楽は地名の連なりのリズムと相性がよいのだ）。ボブ・ディランが一九六九年に書き、ジョニー・キャッシュのカバーで有名な「ウォンテッド・マン」はアウトサイダーの視点からその本質に近いものを捉えている。この歌は罪人が自分がお尋ね者になっている街の名を自慢げに唱えるもので、求められることと追われることを取り違えたようにアルバカーキ、タラハシー、バトンルージュ、バッファローといった地名を並べてゆく。そこには犯罪の動機を暗示する不穏な響きがある。

要すれば農村部の白人に波及する都市化の波と、南部の黒人たちの北への移動を背景としているこれらの歌において、人生は旅だ、というのは当然の前提となっている。けれども、強烈な土地への思いゆえに、その旅は未知らぬものを発見してゆく進歩の物語ではなく、生まれ育ったよく知っている土地《テラ・コグニタ》の喪失という局限的な物語になる。その土地はすでに歌のなかの思い出でしかない。解剖して心臓を切り開いたときに現れるような臓腑の暗闇に描かれた地図だ。誰も本当に立ち直ることなどできず、時間が癒やしてくれる傷などない。ジョージ・ジョーンズの最大のヒット作に歌われているように、もし今日、彼が彼女を愛することを止めたというなら、それは彼が死んだからだ。アイデンティティの土台になっていると思われている土地《ランドスケープ》は堅いものではない。それは岩と土ではなく、これらの歌と同じように記憶と欲望でできている。

人は未来に目を凝らし、現在がそのままの調子で見通しよくつづいていけばいいと思う。けれど、少しでも過去をみてみれば、変化はほとんど想像できないほど不可思議な回り道を辿っていることが明らかになる。鯨は、古代の水棲生物から気の遠くなるような時間をかけて進化する過程で一度陸に上がり、やがて陸上で生きたいかなる生物とも似ても似つかぬ姿で海に戻っていった。いかなる論理も神託もこれを満足に説明できはしなかった。ブルーズと呼ばれる音楽ほど、そうしたありそうもないことの好例はない。アフリカの音楽がアメリカ南東部の風景のなかで奴隷制によって揺り動かされ、英語やヨーロッパの楽器と遭遇して姿を変えていった。おそらくそこでアイルランドやスコットランドやイングランドのバラッド——マーダー・バラッド〔殺人を唄うバラッド〕の熱いメランコリー、あるいは捨てられた女や血みどろの復讐劇の歌——にも触れながら。「ブルー」という言葉はメランコリーや悲しみを意味する古い英語から来ている。鬱々とした《ブルーな》気分、ふさぎの虫《ブルー・デビルズ》、憂鬱《ザ・ブルーズ》。手元の語源辞典によれば、その初出は一五五五年に遡る。

もともとのブルーズの故郷はおおかた消滅してしまった。ブルーズが、奴隷制が終わって半世紀も経たないころ、選びうる人生や移動の自由が極めて限られたなかで生まれたその初期の文献を読んでいると、綿花に埋もれるような小さな小屋に住む小作人や、重労働に狩り出されている囚人や子ども、あるいは巻き上げられた土埃や、ミシシッピ川の洪水や当てにならない法執行の場面を写した数多くの写真に出会う。奴隷の身分を脱した人びとがいまだに自由とは程遠い生活を送っていた社会の写真だ。わたしが大人になってから長い間住んでいる界隈に、そんな世界からやってきた人びとが住んでいて、その世界について語ってくれたことがあった。しかし彼らは一人また一人と死に、地区の教会ではいまだにゴスペルが歌われている一方で曾孫たちはまったく別のものを聴いている。ブルーズは一種の捕囚の物語といえる。ただし、白人の捕囚の物語は一時的な囚われの生活であったり、あるいは新しい世界に完全に溶け込んでゆく話だ。ブルーズが浮き彫りにしたのは、決して帰ることのできなかった人びとが内に抱えていた終わることのない追放生活のようなものだ。南部を去ることは多くのブルーズ・ソングのテーマにはなったが、白人のカントリー・ミュージックのような、残してきた土地への郷愁はない。そういう意味では、ノスタルジーやホームシックさえもが、誰にでも許されたわけではない特権だった。

貧困と人種差別はそのまま消えることがなかったが、農業地帯の黒人コミュニティは人口の流出によって一体性を失っていった。差別撤廃の流れもその後押しとなっていたが、なによりも安価な移動手段と、どこまでも入り込むマスメディアによる世界の変容、そしてあらゆる場所で起こっていた地縁社会の弱体化が大きかった。まるである特定の重力が消えてしまったような事態だったともいえる。ただし、その直前に、強大な圧力が土や鉱物を宝石へと変えるときのように、その重力はばらばらな方向に向かっていた力を束ね、ひとつの強烈な表現を生み出した。もともとのブルーズ、つまり一九三三年に存在していた音楽の一ジャンルは、はかなげで、時代錯誤や郷愁が鼻につくようなスタイルだった（そしていまでは白人によく聴かれている）。しかしそれは、現代のポピュラー・ミュージックのほとんどがなんらかの形で連なっているような音楽の系譜へと拡散するのだ。

ある意味で、ブルーズは世界を征服し、奴隷制廃止後の南部という特別な文脈にあったメランコリーは普遍性を獲得した。あるいは、普遍的なメランコリーにひとつの特定の表出経路が開かれたともいえる。そしてわたしが集めてきた、場所にまつわるカントリー・ソングはある意味でブルーズだった。ハンク・ウィリアムズが書いた曲のどれだけがはっきりブルーズと分類されるのかわからないけれど、もともとのブルーズを言葉どおりの深みのある色と想像すれば、パッションと不服従の熱を帯びた藍や紺碧や瑠璃の色が、喪失や追憶を歌う白人の歌の鬱々とした憂いに流れ込み、薄まり、あの隔たりの青へと溶け込んでゆくようではないか。

アイザック・ディネーセン〔カレン・ブリクセンの筆名〕の小説に、青色についての話が出てくるものがある。この青はこれまでの歌と同じもののような気がした。内臓を摑むような声の響きも旋律もないかわりに、この青にも時間と空間を、それに自分自身の内にある広大な距離をも見渡すような、その同じ感覚があったような気がした。それを思い出して、彼女の本を全部、何度も読み直してみたのだが、青色についての話はどこにもみつからなかった。ある日ふとアイザック・ディネーセンと青についてウェブで検索してみると、それは「カーネーションをつけた青年」のなかで語り手が水兵たちに語ったものだということがわかった。この作品は、作家がある一夜に経験する絶望と危機の物語で、朝、神との誓約を交わすことで危機から回復するという話だ。神は「わたしはお前に、本を書くために必要な以上の苦しみをあたえないことにしよう。もっと減らして欲しいとはいうまい」といい渡す。わずかに一ページと半分しかないこの作品は、話の輪郭をその場で書き留めたような、あれらの歌にも通じる印象がある。わたしが読んだ「ロング・ブラック・ヴェイル」の歌詞はソネットと同じ十四行だったが、行間に透けてみえるのはやはり小説の骨組だった。

　ディネーセン自身はアフリカへの移住を経験していた。彼女の物語作家としての才能にアフリカ的な語り口があたえた影響のなかには、ブルーズ的な混血性も含まれていたのかもしれない。彼女の作品は大方の短編小説よりも明瞭で、予期しない驚きがあり、その一方で寓話やおとぎ話にはない入念さと迫真性がある。みつけた作品の一話にこんな話があった。国に尽くしてきた老齢のイギリス貴族がほかの何よりも青磁の蒐集に没頭するようになり、若い娘を連れて世界を旅しながら収集に励むという話だ。細かいところまで説得力があり、このとき中国はすで輸出市場の一角を占めるようになり、オランダと中国はどちらもヨーロッパ人が期待するような中国陶器をつくるようになっていた。あの青と白の染付けの、水辺の景色に鳥、木、そして引き離された恋人たちのかわいらしい悲劇を配した柳模様《ウイローパターン》がよく知られているものだ。口をつけて飲むことのできる一曲の歌か、一杯分の悲しみを湛えたティーカップのようなもの。彼らの船が難破し、娘は逃げ遅れて沈む船に取り残されてしまう。ぎりぎりのところで、船乗りに助けられて残されていた救命ボートに乗り、その後九日間、娘と船乗りは海上を漂った。

　若い書き手の声を借りてディネーセンは物語をつづける。二人が救助された後、父親は船乗りを手の届かないところへ、世界の反対側へ追い払ってしまった。救助された後も、娘はただただ青磁を集めることに執着した。「取り引き相手に、特別な色味の青を探しているのだといい、金に糸目をつけないともいった。しかし、何百という青磁の壺や鉢を買ってみても、しばらくすると見向きもしなくなってしまう。「ちがう、ちがう、こんな青じゃない」といって。父は、いつか何年も船に乗っていたとき、お前が探している色はどこにもないのではないか、といったことがあった。娘はいった。「まあ、お父さまはどうしてそんな意地悪が仰れるのかしら。あるに決まっているでしょう、世界がすっかり青かったころから残っているものが」。幾年か、幾十年かが過ぎ、父は死んだ。そして一人の商人が中国の皇帝の夏の離宮から持ち出した古い青磁をもってきた。それをみた彼女はこれでやっと死ねるといった。そして、彼女が死んだら心臓を取り出してこの青い壺に入れるように、と。「そうすればすべては元通りになるの。一面の青に囲まれて、青い世界の真ん中で、まっさらで何にも縛られないわたしの心臓がゆっくり脈打つの……」。

第７章

二つの鏃

Two Arrowheads

かつて愛した男は砂漠によく似ていた。その前には砂漠を愛していた。砂漠の誘惑はそこにある何かではなく、その何かの間にある空間、あり余る不在だ。そこでは緑の風景の下に眠る地質が露わになり、白骨のような優美さをみせる。水源から水源までの距離、数知れぬ危険、極端な寒暑といった過酷な環境もまた、わたしたちに生の限界を思い知らせる。しかし、砂漠をつくり上げているのは、少なくとも目と心にとっては、何よりもまず光だ。すぐに気がつくのは、二〇マイル向こうにみえる山並みが夜明けにはピンク色に染まり、昼間には緑をこすりつけたような色になり、夕方や曇りの時には青色に変わること。光は大地の骨のような堅固さを覆い隠して、顔に浮かぶ表情のようにたわむれる。その光のなかには躍動する砂漠の生命がある。山肌の表情は刻一刻と変わる。平板で荒涼とした真昼の光景は夕刻には影と謎に充たされ、暗がりが乾いた目を潤してゆく。雲は雨の予感を孕んでいる。雨は受難のように訪れ、救済のように去ってゆく。雷鳴と稲光を従え、香気を立ちのぼらせながらやってくる。清められたようなこの土地で、水分や、土埃や、さまざまな灌木の茂みさえもが、突然の湿度のなかにそれぞれの匂いを放ちはじめる。砂漠に生命をあたえるのは、岩石と気象と風と光という原初の力、そして時間だ。生物の営みなどはその時間のなかでは招かれざる客にすぎず、自らで手一杯で、ぎらぎらと照らされて、ちっぽけで、主《あるじ》の前で震えあがっている。わたしが愛したのはその果てのない広がりだった。その厳粛さもまた官能的だった。そして男のほうはこんな話だ。

　モハーヴェ砂漠の奥深くに彼の家を訪ねたのは、春のおわりかけのある夕方のことだった。以前に一度会い、それから何か月か経ったころ彼は電話を寄こした。わたしたちを引きあわせた友人の電話番号を探している、そういって小一時間、あるいはもっと長い時間わたしを電話口に引き留めた末に、今度近くへ来ることがあったら家に寄らないかと誘った。そこで、わたしはそのとおりにした。まだ眩しさのあった夕刻の光が暗闇に変わり、その季節で最初の暖かな晩が訪れるまでわたしたちは話した。手足は寒い夜の厚着から解放され、くすぐるようなやわらかな風だけでもわたしは嬉しかった。わたしたちが話すうちに満月が空に上り、言葉は二人のすき間を埋めるようにやわらかに積み上がっていった。何時間過ぎたころか、ふと足下の地面がうごめく気配がした。現れたのは、それまで遠くからみかけたことしかなかったカンガルーネズミだった。わたしはそっと彼の肩に触れて驚きを伝えた。わたしたちは黙り込んで、不思議と警戒心を感じさせないこのネズミの振る舞いを長い時間みつめていた。そして、その前よりも幾分ゆっくりとして声を低めた会話に戻った。ネズミはわたしたちの存在など意に介さず、巣穴の入口や砂利混じりの塚を整えつづけた。すうっと舞い降りてきたコウモリがわたしたちにはみえない空中の食事にありつき、コヨーテが遠吠えをはじめた。あとにも先にも、こんなに近く、途切れることのない遠吠えを聞いたことはない。それは夜明けまで響いていきそうな吠え声の交響楽だった。

　他の男ならば次に顔見知りになるのはその家族なのだろうが、この悠然とした砂漠の隠者のような男の場合は、かわりに動物がやってきた。彼の家はいつでも多くの動物に囲まれていた。都市の孤独とはまわりの人間の不在や、扉や壁に隔てられた距離のことだ。けれど僻地のそれは、不在ではなく代わりに何か別のものがいることだ。そのざわめきに充たされた沈黙のようなものに身をおくと、独りきりであることがほかのものたちと同じように人間という種にとっても自然に思え、言葉はまるで、ふとひっくり返してみようと思ったり、いや放っておこうと思ったりする、そんな奇妙な石のようなものに思えてくる。ほかの砂漠には以前にも住んだことがあったけれど、これほど動物たちでにぎやかなところは初めてだった。いつも近くにワタオウサギやジャックウサギがいて、サバクウズラが視界を横切ったり顔をのぞかせたりした。朝早くにはウサギたちがダンスをし、遊びながら空中へ跳ね上がるのがみえた。午後遅くには、一匹のコヨーテが囲い地をゆっくりと横切ってゆくのをよくみかけた。ボブキャットが冷ややかにこちらをみていたこともあった。近所にはピューマをみたという人もいた。そして朝には、家のすぐ側の道で二羽のミチバシリが追いかけっこをしているのがお決まりの光景だった。

起きたら家の外にガラガラヘビがいたことがある、と二度目のデートで彼はいった。寒い朝で動きが鈍かったからシャベルで持ち上げてガレージに入れておいたんだ、電線を齧るモリネズミを追い出してくれるんじゃないかと思って。ヘビなんかできるだけ遠くにいてほしいという、たいていの人とはまるで正反対の対応に、びっくりしながらも魅了された。彼にはヘビに一方ならぬ思い入れがあり、はじめのころは会うたびに違うヘビの話を聞かせるほどだった。そのうちのひとつに、夏の午後にモハーヴェから山へ車を走らせたときの話があった。アスファルトの上で体を温めているヘビに目を留められるよう、ゆっくりと車を走らせた。路面は熱を貯め込むので、夜になっても温もりを保っているのだ。そしてヘビをみつけるたびに拾い上げて安全なところへ運んでやったのだ、と。ウサギの巣穴の出口で待ち構えていて、子ウサギが出てくるたびに食べてしまうインディゴヘビも、絡まりあって交尾しながら空中高く伸び上がるヘビもみたことがあるといった。ガラガラヘビに遭遇するのは珍しいことではなさそうだった。ある日家に帰ってくるとささやくような声で話すので、何かと思えば指くらいの太さの赤ちゃんガラガラをみて、そのかわいらしさに参ってしまったらしかった。その最初のデートの後、わたしはもともとの目的地への旅をつづけ、書きものをするために滞在するまた別の砂漠へ向かった。その数日後の、一年で一番昼間の長い日、土埃のする小道を歩いていたときにふとその前夜みた夢を思い出した。ヘビの夢だ。そう呟いて視線を落とすと、下ろそうとしている右足の下に、ボタンを並べたような尻尾をした、ふっくらとした小さなガラガラがちらちら舌を出しながらくねくねと進んでいるのがみえた。

野の生き物は何を伝えようとしているのだろう。そのメッセージはあらゆることを語っているようにも、何も語っていないようにも思える。まさに動物たちの存在そのものと同じ、言葉なき言葉は何を語っているのか。世界はあるがまま《ワイルド》であり、生は良い意味でも危険な意味でも予期せぬ出来事に満ちていて、おまえの想像力などちっぽけなものに過ぎない――とでもいうのだろうか。彼が仕事に出かけ、その家でひとり書きものをしていた日の出来事を思い出す。一羽のワタリガラスが飛ぶ音をすぐ近くに聞いた。しんと静止したような空気のなかに、はばたきのひとつひとつがはっきりと聞こえた。そのときにふと考え、いままた考えるのは、街や人びとがあたえるもののためにこのすべてを捨てることができるだろうか、ということだ。この動物と星空の世界があたえてくれる象徴的な秩序に背を向けることに比べれば、孤独など大した問題ではないではないか。けれど、書くことは十分なほどに孤独だ。すぐには返答も手応えもないものに向かって告白し、沈黙に吸い込まれてしまうか、せいぜい著者がいなくなったずっと後に始まる対話を試みるようなものだ。ところが、最良の文章はまるであの動物たちのように、思いがけず、落ち着きはらって現れるのだ。何も語らずにすべてを語る、沈黙に近づいてゆくような言葉だ。たぶん、書くこととはそれ自体が砂漠なのだ。それ自身が荒野《ウイルダネス》なのだ。

　ものごとの調和の度合いが高まって、思いがけない出会いや偶然の一致や、それ以上の何かが起こることがあり、そうしたことの密度が高まるように感じられる時間がある。砂漠や夏にはそんな時間が流れている。大盆地《グレートベースン》で、自分のピックアップ・トラックの陰に寝そべって『神曲』を読んでいたときのこと。ちょうど「天国篇」を読み終えるころ、ちょうどダンテが光に近づいて「月や星々を動かす愛によって」輪のように巡りはじめようとしたとき一台の車が停まった。降りてきたのはラスベガスで貧困層への奉仕と砂漠の反核平和活動をしてきたフランシスコ会の神父だった。強いブルターニュ訛りのある喜劇の聖人が天国から直接砂漠に乗りつけたようで、ダンテの物語と奇妙に符合しているように思われた。あるいは、また別の砂漠を歩きながらそのあたりで前の年にみつけた黒曜石の小型の鏃《やじり》を思い出していたときに、ある男がくれたクリーム色のチャートの鏃が頭に浮かび、ふと顔を下げると、白っぽくて幅のある、ちょうどそれと双子のようにそっくりな鏃をみつけたことがあった。二千マイルと半年を隔てて偶然のもたらした完璧な一致に、その日一日、因果律というものに対する信頼が揺らいでしまうほどだった。何百マイルも移動した末に、人里離れた待ち合わせた場所に友人とぴったり同じ時間に到着すること、探していたものが思いがけずみつかること、二人の人間が同じことをいおうとして同じ言葉を同時に発すること、そういうことは幾度となくある。そんなとき、あたかもわたしは誰かが語る物語に身を委ねていて、自分は語り手ではなくただ筋書きに従っているだけなのだと教えられる気がする。おまえが小さな声をはり上げて口を挟み、異を唱えようとしている相手は宿命であり、自然であり、神々なのだと。

砂漠の隠者とわたしが互いの人生に辿りついたあの夕方から三年後、わたしはまさに夏の盛りというある日の朝早くに目を覚ました。その掘っ建て小屋のような家の裏手の寝室の窓には息を呑むような眺めが広がり、キッチンの窓の正面には丘の斜面が迫っていた。そしてやかんに水を入れていたわたしは若いワタオウサギとまともに目を合わせたのだ。ガラスのこちら側のわたしに気がつかないのか、ウサギは恐れることなく、その目は丸く黒い鏡のようにアカザの茂みと窓枠を映していた。その日、家のまわりはワタオウサギだらけで、そのうえ大きなリクガメがウチワサボテンを齧りにやってくるのをみつけるに至ってはウサギとカメの寓話に入りこんだような気分だった。その組み合わせはまるで、控えめで用心深く、我慢づよい砂漠の隠者と、せっかちで神経の張ったわたしのようだと思いもした。彼と隣人を呼んでみせると、これくらいの大きさのカメならみたことはある、とありふれたことのようにいった。これより大きなのはみたことがあるの、と尋ねると彼らは黙りこみ、この生き物が嘴のような口を開け、怪物じみた緩慢さでサボテンを嚙み切るのをみていた。留守にしていた知り合いの家へ猫の餌やりに行くと、その家の居間では哀れな鳴き声をあげながら一羽のハトが血まみれで逃げ惑い、三匹の動物がそれを追い回していた。わたしが猫の相手をしている間に彼がつかまえてみると、その生き物は手のなかにすっかり収まり、それで落ち着いたのか、家の外へ持ちだすまでおとなしくしていた。彼が両手を高く掲げると、ハトは夕刻の最後の光へ飛び出していった。わたしたちが心配したよりもずっと元気そうだった。

そんなのどかな日々は長くつづくものではない。束の間の永遠のあとで、ものごとは少しずつ壊れ始めた。そこにはひとつとして語るべき物語はない。なぜなら、人間と人間の関係は、ともにつくり上げて棲むための物語であり、家のようにかくまってくれる物語であるはずだから。人は自分の手で玄関ポーチのブドウの蔓のように絡まりあう二人の運命の物語をつくり上げる。眺望がゆるされている方角へ自分たちを向け、小さな扉では体をかがめ、開かずの窓に佇み、自分の思う自分の姿がそのまま自分のなかの彼の姿へ映り込み、そして彼のなかの自分の姿へと映り込む、そんな、夢想家の吐息の雲に浮かぶ城をつくり上げるのだ。その外でまた一人きりになった自分の姿をみつけてしまうのは打ちのめされる出来事だ。また別の家で暮らせるようになるなどとはとても思えない。前のものが小さければ大きすぎ、大きければ小さすぎて思えるし、眠りながら歩けるくらいに曲がり角や階段の隅々まで体がすっかり覚えているならば、そして無から家とよべるものをつくりあげたのであれば、それをもう一度築くことは考えることも難しい。しかし、火を灯して燃やしてしまったのは自分自身だ。

幸福な愛というのはひとつの物語だ。壊れゆく愛は二つの、あるいはそれ以上のせめぎ合いぶつかり合う物語でできている。そして壊れてしまった愛は、鏡のように足下で割れ散ってその破片のひとつひとつに違う物語を映している。素晴らしかったこと、悲惨だったこと、実現していればよかったこと、あるいは起こらなければよかったこと。それらはもう元どおりになることはない。わたしたちが身を守る殻か、盾か、目隠しか、あるいはときには地図やコンパスのように携えていた物語はそこで終わる。身近な人びとは自分の歴史を記録する鏡か日誌のようなものになり、自分のことを知り、思い出すための道具になり、彼らにとっては自分がその役割を果たしている。彼らが不意に消えると、こまごまとした逸話や台詞やジョークは行き場も手応えも失い、理解されることもなくなる。彼らが本だとすれば、音を立てて閉じられてしまうか、燃やされて灰になってしまう。しかしこの家から出てきたわたしはそれまでとは違うわたしになっていた。それまでよりも強くしっかりとして、自分について、男たちについて、愛について、砂漠について、そして野《ウィルダネス》のものについてより多くを知るようになっていた。

物語はガラスのように砕け散る。あるいは着古してしまうことも、ただ置き去りにしてしまうこともある。時とともに物語や思い出は力を失う。時とともに人もまた別の誰かに変わってゆく。蜜が塵に変わるほど時が流れてようやく人は自由になれる。わたしはひと夏の間、彼の家へ寄り道をしたあのカンガルーネズミの夕方に本当は向かっていた砂漠のほうに戻っていた。恋を失うことと恋に落ちることは、あらゆるものを眩しく輝かせるという点で少しだけ似ている。愛する者がどこかへ退くと、みつめていた眼差しは眼の前の人が背後に覆い隠していたものに同じように開かれていくようだ。砂漠のなかの小さな家の外では、窓のひとつに歩く枝《ナナフシ》と呼ばれる虫が棲みついていた。葉が飛んできたのかと思ってつついてみた後、わたしはときどきその虫に話しかけるようになった。それくらい気を許してくれるように思えたのだ。わたしが書きものをするためにくぐる戸口の上には大きな白いお腹に間抜けな笑顔のような模様をつけたクモが巣を作っていた。軒下にはアシナガバチの巣がいくつもできていた。その小さな家のまわりはメキシコイナゴが黒や黄色や緋色の羽をはばたかせて飛び回っていた。彼らは飛んでいるときは蝶のように鮮やかで、地面に降りるとふたたび地味な色に戻る。マルハナバチがコーンフラワーにとまると、花は重みで少し沈み込んだ。ときには赤や黄色の体毛をまとったアリバチが通りかかり、前のめりに歩く黒い甲虫が土ぼこりの上に足跡を残していくこともあった。

トカゲは至るところにいて、窓の網戸を登ってくると、アオハラトカゲと呼んでいたこの生き物の腹にある真っ青な縞模様がみえて嬉しくなった。樋の下に置いた飼葉桶で溺れていることがよくあり、あわれに白茶けて浮かんでいる様がヴィクトリア時代の海難詩に登場する船乗りを思わせた。遥かな遠方では夏の雷雨が天空のドラマを演じていて、空の広さと高さを証すように雲が巨大な列をなして集まろうとしていた。積雲の白いかたまりが深い青色の雷雲へ変わり、運がよいときには、手荒い救済のように雨と稲光と光芒と立ち込める水蒸気を浴びせていった。世界のすべてが生き物たちのごく小さな世界と天界の莫大な広がりででき上がっていて、自分を計るための尺度は遠景と近景の真ん中で消えてしまったかのようだった。これもまた、砂漠があたえてくれる飾り気のない贅沢のひとつだ。

秋になり、わたしは街に帰って頭のなかでひとつのストーリーを組み立て始めた。当時はすでに別の本に取りかかっていたのだが、そうでなければどこかへ書き留めておいたかもしれない。いまになってみれば、そのストーリーはもはや埋められていたか捨てられていた本物の本のように朽ち果てている。その残滓を思うと、いったいどんな内面の風雨がそこまで風化させてしまうのだろうと不思議な気持ちになる。

アルフレッド・ヒッチコックの『めまい』はサンフランシスコへの恋文だといわれることがある。ただし展開されるのはめまいの不安を抱えた元刑事と彼が追うことになる女という、主人公の間のロマンスだ。女は刑事の友人ギャヴィン・エルスターの妻で相続人でもあるマデリンということになっていたはずだった。元刑事を雇って彼女を尾行させるエルスターは、あるシーンのモノローグでこう語っている。彼がマデリンをサンフランシスコに連れてきたとき、「彼女はまるで家に帰ってきた子どものようだった。街のあらゆることに興奮して。あらゆる坂道を歩き、海岸を探検し、古い家並みを見物し、昔の通りを散歩しなければすまなかった。そして昔から変わらずにずっとあったようなものをみつけると、おそろしいほどに喜んで有頂天になってしまう。それは彼女のものなんだ。初めて来る場所だったとしても……それは彼女のものになっているんだ」。そんなふうに街と彼女の関係を語る。「そしてある日、また彼女は変わった……大きな溜息ばかりをつくようになって、表情も曇りがちになった。その日何が起こったのか、彼女がどこへ行ったのか、何をみたのか、何をしたのかはわからない。でも彼女の探索はその日に終わった。探していたものをみつけたんだ。彼女は家に帰ってきた。そして彼女は街の何かに取り憑かれてしまった」。彼女は、狂気のうちに不遇の死を遂げたラテン系の血を引く先祖に取り憑かれているのだとされた。その先祖はサンフランシスコの裕福な男の愛人で、彼に裏切られたのだった。マデリンは映画のなかで、ほとんど白髪のように明るいブロンドに薄いグレーのスーツを着て緑のジャガーを駆る。元刑事はクールで謎めいた、捉えようとしても捉えられない彼女の姿に翻弄されてゆく。

彼女を追って男はゴールデンゲート橋の袂――彼女はそこで海に身を投げる――へ行き、町のいちばん北西、ランズ・エンドのリージョン・オブ・オナー美術館のカリフォルニア・パレスを訪れ、ミッション・ドロレスの鬱蒼とした小さな墓地へ行き、ダウンタウンの街路を右往左往する。つまりプロットはフィクションだが、映画が描き出すのは現実の場所で、わたしの生まれる前の風景ではあるがいずれもよく知っている場所だ。男が女とともにセコイアスギの森へ行く場面がある。そこで、切り取られた木の幹がはるかな時間の地図として登場する。彼女は年輪の十九世紀のあたりを指差して「ここでわたしが生まれたの」という。そして「ここで死んだ」と。そうこうして彼らはまた別の人里離れた修道院に向かい、彼女はその鐘楼から身を投げて死んでしまう。彼はめまいのために彼女に追いつくことができなかった。その後、自失の状態から回復しようとするころ、彼は中心街の高級百貨店マグニンに勤める口の達者な店員ジュディに出会う。彼女がマデリンに似ていることに驚き、彼は交際を始め、服を脱がせるよりはむしろ着る服をあたえ、どこまでもマデリンに近づけようとする。愛と良心に葛藤した末に彼女はついに屈服する。ジュディが、追いかけていた女と同じ白っぽい髪になり、同じグレーのスーツを着て、その女の持ち物だったネックレスを意に介することなく身につけようとしているのをみて、彼はついに彼女こそがマデリンなのだ、あるいは、マデリンなどという女は存在しなかったのだということに気がつく。彼が恋に落ちた相手はエルスターの本当の妻を――彼がめまいのために登ることのできない――鐘楼から突き落とすという殺人を隠蔽する企てだったのだ。この陰謀の筋書きを考えたのはエルスターで、百貨店の店員はその愛人だった。その後エルスターに捨てられた彼女は、自分がすでに死んでいる他人だと決めつける元刑事によってもまた別の意味で捨てられる。この企みに気づくと、元刑事はエルスター夫人が殺された鐘楼の上へと女をつれてくる。近づいてくる尼僧の影に怯えた彼女は思わず後ずさり、またしても死んでしまう。

入り組んだ悲劇である『めまい』はシェイクスピアに比較されることがあるが、むしろ『偉大なるギャツビー』に近いかもしれない。女の外面的な上流の雰囲気が元刑事の欲望の対象となり、ほとんど死ぬところまで追いかけながらもその逃げてゆく青白い影をつかむことができない。これはギャツビーにとってはデイジーの住む対岸の桟橋の端にみえる緑の灯であり、ギャツビーの語り手にとっては取り戻すことのできない過去であり、狂騒的な未来であり、あの新大陸という新緑をなす乳房だ。女への愛と街への愛が同じ情熱へ融け合ってゆくパリを舞台にした小説がいくつかある。ただしそれは孤独な情熱であり、彷徨や尾行や繰り返される往来こそがその到達点であって本当にひとつに融け合うことは想像の埒外だ。『めまい』もそれと同じかもしれない。マデリンはサンフランシスコの二流詩人たちがかつて「冷ややかな灰色の愛の街」と呼んだものと融けあってゆくのだが、ヒーローもヒロインも、カメラが愛撫するように映してゆく場所に気を留めることはない。男の視点から語られたものとしてみれば『めまい』にはロマンチックな霧が立ち込めているが、女の視点からみればこれは強いられた消失の話だ。塔の上から消えるという意味ではなく、日常世界のなかで、恋人になった男が二人立てつづけに自分をそれぞれの目的のために誰か別の女に変えてしまうという、実にありふれた悲劇なのだ。

ほとんどのカニは自前の立派な殻をもっているが、ヤドカリの体は非対称でやわらかく傷つきやすいといわれる。彼らは巻貝やバイ貝やキビ貝といったほかの生き物の堅い殻を棲み家にする。彼らの体は新しい住居の形に沿って曲がり、外側の大きなハサミで食糧を探し、外界の危険から自らを守る一方、殻のなかでは小さな脚が殻の内側を掴んでいる。つまりヤドカリという生き物は一方で摑みかかり、反対側ではしがみついている。成長して貝殻が手狭になると引越し、つまり貝殻から貝殻へ移動する危険な瞬間が訪れる。引越しの際には新しい貝殻を調べて、体に合わないともとの殻へ戻ることもある。よさそうな貝殻から先客のヤドカリを追い出すこともあれば、死んだ生物を食べてその殻に収まることもある。海底を這い回る掃除屋のようなものだ。オスのヤドカリはメスのハサミを掴んで連れ回し、ライバルを遠ざけつつ、メスが引越しをするのを待つ。彼らはメスが貝殻から出ているときにだけ交尾ができるのだ。子ヤドカリはごく小さく、海流に運ばれながら育ち、やがて海底に降りるとただちに自分を守る貝殻を探し、大人の生活をはじめる。多くの愛の物語はヤドカリの家に似ている。一方、小さな部屋の連なるオウムガイの殻のような物語もある。その殻は小さな部屋を奥へ残しながら主とともに成長する。残された小さな部屋は水よりも軽く、海中で浮かぶのを助けるのだ。

一年かそのくらい前、『めまい』をもう一度スクリーンで観る機会があった。ひとつのシーンが脳裏に焼き付いている。最初のシーンで刑事は危うく墜死しそうになり、めまいを持病のように抱え込むことになる。第二のシーンで彼は昔馴染みの女友達の家にいる。女が住んでいるアパートには、街の眺望のひろがる窓を除いて至るところにドローイングや絵画が留められている。彼女は下着のデザイン画を描く仕事をしており、皆は男をスコティーと呼ぶのだが、彼女だけはジョニーと呼ぶ。くつろぐ彼とおしゃべりをしながら女は「革命的な支え方の」ブラジャーのスケッチを描き、「片持梁橋の原理」だという。いわば身体はめまいのするような風景で、胸が――飛び降りの名所たる――ゴールデンゲート橋なのだと。このミッジはマデリンと同じくらい明るいブロンドの髪をしているが、大きな眼鏡をかけ、髪は飾り気のないボブで、彼女のニックネームすらも彼女の色気のなさを示している。ただし、彼女はまるでバニラアイスクリームのような甘い声をしていて、元刑事が傷めた背中のために装着したコルセットに文句をつけながらどれくらいの男がこれを付けるのかと聞いたとき、彼女はさらりと「けっこう多いわ」と答えるのだ。彼が座り直して「それは個人的な経験からかい？」と聞くと、彼女はただ笑って話題を変える。

彼女はエロティックな喜び、フランス語で享楽《ジュイサンス》と呼ばれるものに充ちているのだが、実は『めまい』の原案となったフランスの小説には登場しない。アメリカの脚本家がつくりあげたのだ。この映画について書く者の多くは、最初のシーンで語られるように刑事との婚約は彼女のほうから破棄したのだということを忘れているように思える。そして後のシーンで、彼女がスコティーへの報われぬ献身に苦しむ悲しげで月並なキャラクターになってしまうのをみるに、監督も脚本家もそのことを忘れてしまったのかもしれない。E・M・フォースターは、小説の登場人物には立体的な者と平板な者がおり、平板な者はたいていマイナーな人物だと書いた。ところが、『めまい』という映画では前景で紙人形のようなトリスタンとイゾルデが右往左往する傍らで、彼女こそが驚きを秘めた立体的なキャラクターとなっている。彼女は映画で進行する悲劇とは別の方向へと観る者を誘う。なぜなら、この映画がいかにサンフランシスコへの愛にあふれているといっても、本当にこの街が秘める可能性を一身に引き受けている登場人物は彼女だけなのだ。そして主人公たちが歓びと充足の追求に衝き動かされる一方で、彼女はそんなものには不自由していないようにみえる。わたしはこのミッジの——書き留めていれば小説になったかもしれない——物語を考えはじめていた。

十九歳のころ、あまり上手いとはいえない戯曲を書いた。女が消息を絶った交際相手の捜索を刑事に依頼するという、最初から最後まで彼女の部屋で進行する芝居だった。捜査と彼女との対話が進むにつれ、刑事は彼女は気が違ってしまったか、あるいは自分を誘惑するために話を創作していて、行方不明の男は最初から存在しないのではないか、あるいは彼自身がその男であるような気がして、自分の気が違ってしまったのかと考えるようになる。タイトルは「遺失物」〔Lost and Found＝失われたものと見出されたもの〕だった。憧憬と欺瞞にまつわる物語だった。彼女が、自分を失ったという話を、何かをみつけるため、あるいは何かをはっきりさせるために用いるという物語だ。ほかにもフィクションが脳裏をよぎることは何度もあり、なかには何年か筋書きや登場人物をあたためたものもあったが、そのとき考えようとしたものには役に立たなかった。わたしにとって、ノンフィクションは写真に似ている。どちらも、すでに世界に存在しているもののなかにフォルムやパターンをみつけだすという課題があり、対象への倫理的な責任を抱えている。フィクションでは絵画のように白いカンバスから始められるのだが、『めまい』の変奏から『スリップ』という物語を考え始めたときに改めて気がついたのは、フィクションの真実らしさというのはどんな種類のものかということだった。それは全体的な原則と、雄弁なディテール、つまり、もしストーリーを中心にキャラクターを立ち上げるならば、それぞれのストーリーをつくりあげるたくさんの些細な事柄だ。(他方、エッセイにおいて主人公となるのはアイデアなのだが、この場合も人物のようにびっくりするような結末へと展開することは珍しくない)。『スリップ』では、「ミッジ」はマーガレッタという名の女の子ども時代の愛称ということにした。そして刑事は、いまはもうその気はない子ども時代の恋の相手だった。

彼女が動きまわるのはわたしのよく知っている街だ。つまりわたしが最初に書いた本の題材にした、サンフランシスコのビート詩人と芸術家たちの街だ。彼らにとって一九五七年、つまりわたしの生まれるずっと前に『めまい』がつくられた年は〈奇跡の年〉だった。ヒッチコックの映画はひとつの閉ざされた世界、盲目的なあこがれがはまり込むフロイト的な隘路のようなものを描いていた。しかし、その同じ時に、街はまた別の可能性に向けて大きく開かれてもいた。幻覚剤、スピリチュアル文化、実験映画、過激で自由な肉声の詩の時代の第一波が訪れ、取り壊された古い家屋のがらくたがコラージュやアッサンブラージュ芸術となり、人びとは日常生活に謎を見出し、ときには政治活動へ身を投じようとしていた。なにかそれまでとは違う文化、別の芸術、別の時代の可能性のなかに新しい連帯がつくられつつあった。マーガレッタはそうした世界から映画へ入ってきたように思えた。そして元刑事が街の歴史を教わるアーゴシー書店の主人を知っていたのも彼女ではないか。チャイナタウンでは〈ブッダ・バー〉や〈李白〉といったバーの側の街灯に緑《ろく》青《しょう》色の龍が絡みつき、マーケットストリートの南には十九世紀の娼婦たちから名を取った路地があり、その界隈では緩い地盤と地震のために家々が沈み込んで入口が人の額よりも低くなっている。あちこちの丘に登れば格子のような街路から抜けだして大洋と入江を見渡すことができ、夕刻になると東へ流れてゆく霧が頭上の街灯をすり抜けてゆき、フィルモアストリートにジャズの音色が溢れる。古ぼけた遊園地のびっくりハウス、ミュゼ・メカニック、鏡の間、そして町をランズ・エンドのほうへ外れれば古い写真によく出てくるクリフハウスとアザラシ岩があり、街は大自然《ウイルダネス》の際に触れながら想像力によって開かれてゆく。この街の詩情こそ、あの映画に行き交っているものなのだ。

彼女を周縁から中心に据え直した物語にも別の筋書きと新しい重心が必要だったことはいうまでもない。そして『めまい』はこのもう一つの物語の背景へと遠ざかってゆく。彼女はそれを時間を遡るように語る。一九六〇年代に娘一人をもつ画家として暮らしていた時代から、後に刑事になる隣家の幼馴染と過ごした子ども時代へ。そのころのサンフランシスコ半島には広大な果樹園と小さく散らばった街があるだけで、まだ〈シリコンの谷〉ではなく〈心の喜びの谷〉と呼ばれていた。スリップ、とりすました彼女の母が話している、誰も着ていることには気がつかないけど、誰の目にもみた目を変えてしまうものよ、と。それは肌のすぐ上に、見渡すかぎりの生垣のように花や葉叢が縫い込まれたサテンのスリップだ。スリップ、彼女が建築のように、ちょうどガードル、ガーター、コルセット、その他もろもろの補正下着の全盛期に跳ね橋や門や城壁のように設計していた下着。そして初めてのラブシーンで彼女を当惑させたのは彼の裸身ではなくむしろ自分の裸体の、その柔らかい肌の上に刻印された紐や縫い目や留金の痕、その衣服の亡霊たちだった。スリップ、マーガレッタは下着のデザインをするうちに下着モデルでマグニン百貨店の店員だったジュディと知り合い、ジュディはおしゃべりをしているうちに自分が誰とどんな関係をもっているか口を滑《スリップ》らせ、マーガレッタは関わらないでおこうと思う、けれどそれが間違いの始まりだったのかもしれない。スリップ、小さなスケッチや絵や手紙や電報や領収書や絵葉書がアーゴシー書店に置かれた本のページの間から滑り落ち、栞として本に挟み込まれた自伝のように、マーガレッタはその紙片《スリップ》の主を探して発送元の大地主の甥に辿りつく。スリップ、第二次世界大戦中、日系アメリカ人として収容所に閉じこめられているうちにキャリアを損なってしまった画家、描かれた収容所の光景、シエラの風景。さまざまな道を模索するなかで彼女に同道するようになった甥は『クロニクル』紙で校閲の仕事をしていた詩人で、その一方彼女は都心の百貨店のために下着のデザインをしていた画家だった。もともと選んだ仕事から横滑り《スリップ》して言葉を、あるいは体を整えるようになっていた二人。さらりと身につけること《スリップ・イン》。するりと抜ぎ捨てること《スリップ・アウト》。つるつるしたつかみどころのなさ《スリッパリー》。

「空にはただひとつの太陽があって、そうでなければ闇だと思っている人がいる。そして星でいっぱいの夜に生きている人もいる」。彼女の最初の台詞はこんな感じだった。どこかのバーで、つきあっている国立公園のレンジャー隊員に向かってこんなことをいう。

「自然といえば、素朴な物の力ってすごいと思う。火とか水とか、重力とか、水の蒸発とか、光の性質とか。都会でもけっこうあるでしょう。アイスコーヒーとクリームの混ざり方とか、煙草の煙がくるくる上っていく感じとか、このグラスの氷の融け方とか。小さいころ、裏庭にブランコがあって、一番高くなったところで飛び降りてスカートをパラシュートみたいにして着地したら、ちょっとだけ年上でお兄さん気取りの隣のジョニーがびっくりしてたことがある」。彼女は手の触れる世界のどこへでも広がってゆくような魅惑をそなえていて、何でも自分の快楽に結びつけることができるようだった。それは、いつまでたっても達成できない月並な満足を追いかけているほかの主人公たちとははっきり対照的だ。だからわたしは彼女に重力をあたえた。ブランコを漕いだり、ぐるぐる回ったり、手をつないでお互いを振り回したりして子どもたちが執拗なまでに追求する、あの感覚だ。あるバイク乗りは、高速でコーナーを回るレーサーが自分の体を限りなく繊細に使うやり方と、そのとき感じる途方もない快感について教えてくれた。重力とは要するに動き、重さ、抵抗、力といった、肌の触感に次いでもっとも原初的な肉体性の経験なのだ。それゆえに、おそらく重力とは死の甘美さとそれに抗うわたしたちの強さであり、地球の引力とそれに抗う筋肉の力、その二つがつくり出すモメンタム、そしてその際どいバランスを享楽で充たしている。ちょうど、女性にとって性が出産と死という双子の可能性をもっているように。

この映画が描くのは重力と上昇への怖れだ。わたしはその両方を彼女の快楽に変えた。『めまい』のすべては落下し、彼女のすべては上昇する。彼女のための舞台のほとんどは感覚の支配する世界で、わたしの記憶にあるものだった。「この街は碁盤目だというでしょう、幾何学が気持ちいいものだということはずっと前に半島の果樹園が教えてくれたわ。プラムの木立が一瞬斜めに並んでみえて、すぐに今度はまっすぐ並んでいるようにみえる。車で通りかかると鬱蒼とした木のかたまりのなかにまっすぐな道がみえて、それがパッパッと次々に切り替わる。近くの木は遠くの木よりずっと速く通り過ぎるようにみえて、それが楽しかった。真ん中じゃなくて大きな円の外側の縁にわたしがいて、世界の中心はすぐそこにあるのにまわりをぐるぐる回っているみたい。道はまっすぐなのにレコードに止まった蠅みたいになるの。美術で習ったのとは違うけれど、遠近法を教わっているみたいだった」。あるいはその後の場面で、ある男についてこんなふうにいう。「顔は思い出せないんだけど、わたしに触る男はみんな、いつまでもその手付きの感触が残っているの。湖でわたしの後ろを泳ぎながらお腹に手を回して来たときの感じとか、別の人がした手のひらの乱暴なキスとか。靴屋さんで靴のなかの足の形をみせるX線の機械みたいに、いつまでも残っているこういう感触をみるための機械があればいいと思う。体中にあざとは正反対の痕が残るの。わたしはそういうわたしが感じたものを身につけて暮らしている。みんなもそうなのよ」。

頭のなかでは完成していたように思えたのだが、ついに一文字も書く気にならなかったこの本について覚えていることはだいたいそれくらいだ。書き終えられるとわからないかぎりは書き始めたくなかったのだ。あらまし以上のことは、筋書きも、人物造形も、ダイアローグも、それ以外もすべてどこかへ消えてしまった。わたしが知っているのは彼女と詩人兼校閲者が街をさまよい、あちこちのバーを渡り歩き、芸術家のパーティーに顔を出し、仕事について議論し、最後に山のほうへ行ったということだ。クライマックスの遠征のきっかけは、彼がブリキの缶に入れてマンザナーに埋めた詩の束を取り戻そうと思ったことだった。そこはシエラ東部にある寒々しい第二次世界大戦中の日系人収容所で、山脈の眺望が素晴しかった。けれど二人でそこに着いたとき、彼は自分の使命は過去に囚われることではないと気づいた。ビッグパインで夕食をとっているときに知り合った登山家のカップルが、一緒に近くのホイットニー山に登らないかと二人を誘う。メキシコとカナダの間、つまり合衆国本土ではいちばん高い山だ。二人はマンザナー行きを直前で止めて誘いに乗ることにする。

テイレシアスの数奇な運命は、野原で交尾する二匹の蛇をみかけたことから始まる。蛇を打ったところ、彼は女性に変えられてしまった。七年後にふたたび交尾している蛇に遭遇してこれを打つと男性に戻った。彼は男にも女にもなったことから、あるとき神々が男女どちらが性の快楽が大きいかという議論の助け船を求めた。彼が女性だというと、それが気に入らなかったヘラは彼を盲目にしてしまった。その埋め合わせにゼウスは予知の力をあたえ、彼は予言者として名をなした。あるいは異説では、彼は沐浴中のアテナをみてしまったゆえに盲目にされたが、アテナは償いとして鎧の胸当てから蛇を出し、彼の耳を舐めて清めさせた。そのためテイレシアスは予言をもたらす鳥の鳴き声を理解できるようになった。オイディプスにこれまでに犯した罪とこれから犯すことになる罪を教えたのはテイレシアスであり、そうして一連の巡りあわせの物語にオイディプスが盲いて追放されるという帰結をもたらすのもテイレシアスだった。彼が主に登場の機会をあたえられているのは『オイディプス王』だ。オイディプスは盲目であってもなくても何もみようとしないのだが、この予言者は盲目にもかかわらず見通すことができる。見知らぬ者を殺せばそれが父であり、王妃と結婚すればそれが母であるといった具合に閉所恐怖的に狭窄する世界に生きるオイディプスより、この予言者のほうがよほど興味深い。テイレシアスの物語は悲劇、つまり死と追放だけが解きほぐしてゆく人物群像とは違う。むしろ動物たち、神々、よそ者、そして幾多の変身譚を抱え込む広がりをもった、大地を旅するロマンスだ。その〈ロマンス〉という言葉はかつて、そんなある種の遍歴の旅を意味していた。「ふつう英雄、冒険、謎解きにまつわるもの」と手元の辞書には書かれている。この古い意味からすれば、もうひとつの意味——辞書でいえば「三、恋愛の物語」——のロマンスもまた場所と欲望を巡る旅なのだろうという連想がはたらく。喜劇は結婚で終わる、とアリストレスは述べた。けれど結婚は何かの終わりとは違うので、ロマンスは、あるいはそのいずれの意味においても、その後も連続してゆくかあるいは悲劇へと陥ってゆくものといえる。マーガレッタは——ミッジのままのときでも——『めまい』におけるテイレシアスなのだ。

わたしは二人をホイットニー山へ向かわせた。彼らは何をみただろうか。当時まだこの山に登ったことはなく、登ったのはその後のことだった。通常の経路を行くならば、東側斜面のかなり上まで伸びている道から登ってゆくことになる。登り道に苦労しているうちに、背後では東側の眺望が広がっていく。約一万フィートまで来ると、シエラとホワイトマウンテンズの山並みの間に横たわる広大な谷を見渡すことができる。一時間か、あるいはもう少し登ると、山並みの向こうに次の山々がみえ、荒野の風景は広がりつづけ、盆地を越え、山塊を越え、さらに盆地を越えてはるかなネバダまで視線が届く。どれだけ行ったところで、行き尽くすことのできない場所があるのだと悟る。登山を語る言葉は、常に登頂こそが征服なのだとでもいわんばかりだ。けれど、高みに登ると世界はどんどん大きく、それに対して自分がどんどん小さく感じて、取り囲む空間の大きさに圧倒され、同時に解き放たれる気がする。自分はどこまで行けるのだろう、どれだけの未知があるだろうか、と。松の木立を通り抜け、斜面と山道と切り返しをみつめながら一日かけて苦労して登っていると、背後の眺望は北へ、南へ、東へと少しずつ広がっている。すぐ近くの鳥や木や足下の岩に気を取られていることもあれば、先にある坂道の急峻さを睨んでいることもある。けれど、ちょっと振り返ったときや足を休めたときに、自分の三方の広大さにふたたび気がつくのだ。進んでいるうちに自分の背後が果てしない大気の厚みに包み込まれていることに。そして、海抜一万三千フィートで頂上ではなく——それ自体はそれほどドラマチックな変化はない——尾根に辿りつく。ホイットニーは長い尾根でいちばん高い地点に過ぎない。尾根線まで登り切ったとき、眼前には不意に西側の世界が現れる。それは東側よりもさらに荒々しくはるかな隔たりの向こうの、途方もない広がりだ。驚きと、贈り物のような思いがけなさと、啓かれる世界。世界の大きさは二倍になる。本当の意味で誰かに出会ったときに起こることも、それに似ている。もしそれが同じだとすれば、そのことは『めまい』の人物が落下ばかり繰り返す理由に関係があるはずだ。だから「スリップ」の中心には落下も悲劇もなく、この広大な場所への移動があったのだ。

第８章

隔たりの青

The Blue of Distance

イヴ・クラインという芸術家について考えるとき、頭に浮かぶのは彼より一世代ないし二世代昔に生きて行方知れずになった絶対の探求者たちだ。ボクサーでダダイズム詩人のアルチュール・クラヴァンは一九一八年に新妻に会いにメキシコからアルゼンチンに向かい消息を絶った。エヴェレット・ルースというボヘミアンは一九三四年に二十歳でユタの峡谷に消えなければ芸術家か作家として生きたかもしれない。彼の最後の痕跡は岩に刻まれた「Nemo」――誰もいない――という言葉だった。飛行機乗りアメリア・エアハートは一九三七年に太平洋上で消えた。アントワヌ・ド・サン゠テグジュペリ、珠玉のような数冊の本を世に遺したこのパイロットの操縦機もまた、一九四四年に地中海に消えた。彼らは皆、世に身を現して、行けるところまでどこまでも行きたいという欲望に駆られていた。それは世から消える意志と同じものだった。彼らの野心のなかには世界をあるべき姿に変えたいという欲望があった。一方で、消え失せることのなかに秘められていた希望は世界がすでに変わったかのように生きることだった。ただ大空や海や荒野に姿を消すのではなく、自我という構想物へ、伝説へ、可能性の頂きへと消えた英雄に自己をつくり変える欲望だった。

クラインを捉えていたのは途方もない企みと、底知れぬ神秘への傾倒だった。二十歳にして青空を自らの作品と宣言し、飛行や浮遊にあこがれ、空や青色や、それらが象徴する非物質的な存在に憑かれていた。彼が愛した聖杯伝説もまた消失の物語だった。探し求める聖杯まで辿りつくのは穢れのない騎士だけだが、彼らは還ることがない。物語を携えて帰還するのは罪人か、不具となった者か、変わり身に失敗した者だけだ。イヴ・クラインは一九二八年に南仏の芸術家の両親に生まれた。ただし貧窮の不安を抱えた絵描きの両親にかわって彼の成長に貢献したのはむしろローズというブルジョワの叔母であり、クラインの試みの多くは彼女の助けで可能になったものだった。まだ幼いころ、叔母と祖母は彼をカッシアの聖リタの下に聖別した。聖リタは望みのない義心の守護聖人だった。前衛芸術と中世的な神秘の和合を試みたクラインは大人になってから四度、この聖人を祀ったイタリアの聖所に巡礼した。クラインがいつまでも我がままで、気難しく、制約に我慢ができなかった一方、陽気で気前がよく、遊び心と想像力に溢れた、そんなふうにどこか子どもでありつづけたことからすれば、大人というよりは少なくとも成人してから四度巡礼に赴いた、というべきかもしれない。

影響を受けた二つの大きな出会いは彼が十九歳になる年に起こった。ひとつは二十代を通じて幾度も読み返すこととなる、薔薇十字協会〔一九一〇年にアメリカで設立〕の聖書というべきマックス・ハインデルの『宇宙創成論』だった。その後の三年か四年ほどの間、クラインはカリフォルニアのオーシャンサイドにある薔薇十字協会から週一回送られてくる通信講座を受講した。戦争による混乱と両親それぞれの人生の曲折から、彼には早くに学校教育から抜け出す道があたえられていた。この一冊の本への執着にはどこかただひとつの教えや考え方に圧倒的に影響されてしまいがちな、世間を知らない者に特有の世界の狭さのようなものが感じられる。神秘主義的なキリスト教の分派として中世に淵源をもつ薔薇十字の教義では、世界はユートピア思想と錬金術の語彙によって語られる。ハインデルの世界観において、形相と質料は純粋精神の自由と一体性を損なう制約であり障害となるものだった。そしてクラインは無定形と非物質性の具現を目指すような芸術を手がけるようになるのだ。薔薇十字の教えを学びはじめて一年も満たないうちに、友人のクロード・パスカルとアルマン・フェルナンデス（後年、アルマンという名で芸術家として知られるようになる）が加わった。若者たちは自分たちで修行生活を送ろうとして瞑想や断食を行ない、菜食主義を実践した。ただし同時にジャズを聞き、ジルバを踊り（童顔のクラインが肩越しに女性を高く掲げるようにして踊っている写真がある）、ときには貞潔の誓いを破った。あるとき、彼らは世界を三人の間で分割した。アルマンは動物の世界を、パスカルは植物の世界を、そしてクラインの持ち分は空《そら》ということになった。美術批評家トマス・マケヴィリーの言葉によれば、クラインは空の果て、「鳥もいない、飛行機も飛ばない、雲もない、ただ純粋で、それ以上単純化しようのない空間だけがある空の彼方」への旅を夢想した。そして「そこに〔芸術家として〕自らの名を記した」。彼の企みもまたどこまでも広がっていった。

　同じ年に練習を始めた柔道もまた大きな出会いとなった。クラインは柔道と相性がよく、このアジア発祥の神秘的な規律と武人の力をそなえた格闘技を気に入っていた。もしかすると、宙を飛んで怪我もなく着地すること、あるいは相手の身を動かすことといった教えもクラインを魅了したのかもしれない。その後何年かの間、クラインは柔道こそが自らが高みに至る舞台だと考え、その修練のために馬に乗ってアジアを横切り日本に行くことさえ夢みるようになった。そして実際に三か月間アイルランドで馬の扱いや乗馬を学びはしたものの、結局は航路で――旅費は叔母が払った――日本へ旅立ち、叔母ローズの援助に頼りつつ当地で十五か月暮らした。小さな単色の絵画を描きはじめ、両親の作品といっしょに自分のものを展示するようにはなっていたが、のめり込んでいったのは柔道のほうだった。彼の望みは当時ヨーロッパでそこまでの段位は珍しかった四段黒帯を獲り、ヨーロッパ選手権に優勝し、フランス柔道連盟の重鎮になることだった。クラインはまだ日本でもフランスでも合法だった覚醒剤《アンフエタミン》で活力を補いながら練習に精魂を傾けた。この薬剤がそのうちに体の一部になっていったかのように、その後の人生においてもクラインは忙しなく、精力的で、眠らず、多作で、気紛れで、気宇壮大だった。クラインは才能に加えて圧倒的な努力を重ね、そしていささかの抜け道を使って四段黒帯を獲得し、フランスへ帰る船に乗り込んだ。しかし、彼の野心が夢想した果実はそこには実っていなかった（そしてこれが失う《ロスト》ことの最後の意味だ。ジャイアンツがワールドシリーズで負け《ロスト》たという場合のように、競うなかで敗北すること）。彼の芸術家人生はここから始まることになる。

もっとも、ある意味ではクラインは初めから頂点にいたようなものだった。クラインの作品制作に必要だったのは高度な技術ではなくアイデアの鮮やかさと芸術界についての理解であり、彼はすでにどちらも手中にしていた。薔薇十字には色についての教義があり、色のみの純粋な世界、霊界としての色という概念があった。クラインが単色作品の制作を始めたのはその応用だった。はじめのころには青だけではなくオレンジ色に塗られたカンバスもあったが、次第に金箔、鮮やかなピンク色、そして濃い青色の三色に収斂していった。彼にとってもっとも重要で、彼の特徴として絵画作品の大半に展開されていったのはその青だった。精神、空、水、無形のもの、そして隔たりを表現する青色は、それゆえにたとえ触れることができ、近寄ることができたとしても常に遠さと幽《かそけ》さを湛えている。一九五七年には、すでにクラインはこの色しか使わないようになっていた。これは混じり気のない群青色の顔料に合成樹脂を加えたもので、この合成樹脂は多くの展色材のように色の深みや輝きを薄めてしまうことがないものだった。

その後、クラインはＩＫＢ（インターナショナル・クライン・ブルー）としてこの配合の特許を取得した（そして何百もの同じ色の絵画を制作するという自らの偏執《モノマニア》ぶりを讃えるかのごとく、ただひとつの音程による交響曲も作曲した。そのモチーフは長年ただひとつの音程を奏でているフルート奏者の寓話で、その正しく美しい音が謎を解き明かす）。ある批評家はこう書いた。「この青色によって、クラインはようやく自分の私的な生の感触、すなわち無限の遠さと直接的な現前という二極からなるひとつの世界に芸術の表現をあたえることができるように思えたのだ」。クラインは青い作品群は〈青の時代《レポック・ブルー》〉の先触れなのだと宣言し、彼の最初の大きな個展にはそのタイトルが冠せられた。一九五七年にミラノで開催されたこの展覧会には、同じサイズの平板な十一枚の青の絵画が出品され、それぞれに異なる価格が付けられた。つまり作品は高尚な理念の戯れとともに、商取引の世界の転倒をも誘った。同じ展覧会がパリへ巡回したときには、夕空に向けて千一個の青い風船が放たれた。

　青の絵画は、売買される制作物であると同時に広大無辺な精神の領域への窓でもあった。ただしその領域へ至るにはもっと直接的な方法もあった。〈ル・ヴィド〉〔空虚〕と銘打たれたパリでの二回目の展覧会では、クラインはまず小さな画廊のなかにあったものをすべて撤去して隅々まで清掃した。そして初めて聖リタの礼拝堂を訪れたあとで――このル・ヴィド展はかなり危ういと思ったので、と後日叔母に書き送っている――クラインは内心を研ぎ澄ませつつ二日間かけてギャラリーを真っ白に塗り上げた。これは、彼の言葉によれば「画廊という条件における絵画的状況の具現化」であり、「別の言葉でいえば純粋な絵画的環境というひとつの雰囲気、したがって不可視の創造物である。この画廊空間における不可視の絵画的状況は、それが自律的な生命を帯びてありありと現前することによって、いまのところもっとも優れていると考えられる絵画の全体的定義、つまり「輝き」を体現するのである」。訪問者は数千人に上り、ふだん要人警護を行なっている共和国親衛隊が入口で警備にあたり、膨れ上がる群集のために警察や消防までが出動した。イベントは大成功だった。ただし、人びとが空っぽのギャラリーで一体何をみているつもりだったのかはいまだによくわからない。アルベール・カミュは芳名帳に、空虚と充溢について「空無によるまったき力」という警句を残した。ル・ヴィド展では青い染料を溶かしたカクテルが供され、飲んだ者は皆その後何日も青い小便をした。

この個展でクラインは二点の実体のない絵画を売り、さらに後日、それらの非物質的世界へアクセスする方法の売却手続きを行なった。それによると『非物質絵画の感覚領域』の対価は金塊で支払われ、クラインはその半分をその本来のあり方に帰すためにただちに河あるいは海、「もしくは誰もこの金を回収する恐れのない自然のどこか」に捨てる。この消失と放棄の手続きの仕上げとして、買い手は自分の名と取引の詳細を記した領収書を焼却することが義務とされた。つまり残るのはまったくの無だった。この『感覚領域』作品は数点売却された。クラインの作品はその後に到来する芸術運動のコンセプトや所作の多くを先取りしていた。コンセプチュアリズム、ミニマリズム、パフォーマンス・アート、そしてフルクサス・ムーヴメント。彼の芸術の頂点ともいえる一九六〇年の『虚空への跳躍』は、壮大な超越的意志に戯れと曲芸と自己宣伝を綯い交ぜにした、もっともクラインらしいものだった。

ヴァルトゼーミュラーによる一五一三年の地図帳《アトラス》に掲載された一葉の地図には中緯度の大西洋沿岸地方、スペイン、アフリカ大陸の西のふくらみがそれとわかるようはっきり描かれている。しかし南米大陸の右肩は地名やら河口やらが細かく書き込まれた一本の海岸線が描かれているのみで、それよりはるかに太く大きな「テラ・インコグニタ」つまり未知の土地という文字が現在のベネズエラとブラジルにあたるエリアにまたがって記されている。この言葉は古い地図ではありふれたものだが――手元の一九〇〇年の地図でもアマゾンの一部を「未踏」と記しているものがある――現在目にすることは滅多にない。言葉の隙間には沈黙が、インクのまわりには紙の白が、地図に描かれたすべてのものの背後には取り残されたものがある。それは地図にされていないもの、地図にしようがないものだ。たいていの地図帳には、国や地方について、人種や教育レベルや農作物や外国人比率の仔細な地図がある。それをみると、どんな地域についても地図に描く方法は数限りなく存在するということがよくわかる。地図は徹底して選択的なのだ。ラスベガスでは新しい地図が毎月作成されているが、これは街があまりに急速に成長するため配送業者が常に最新の街路情報を必要とするからで、これも地図が対象と釣り合うものにはなりえないということを思い知らされる。たとえ草の葉一枚まで正確に記した地図があったとしても、動物に食べられてしまったり、踏みつぶされてしまった瞬間にその正確性は台無しになってしまう。そしてグレートソルト湖のようなものはいかなる精度をもってしても正確に地図に写し取る方法はない。流出路のない浅い盆地に広がっているために、水深がわずかでも変わると海岸線が大きく変化するからだ。

ホルヘ・ルイス・ボルヘスが書いた寓話のひとつに、縮尺一分の一の地図を描いて帝国の領土を覆いつくしてしまう地図作成者たちの話がある。幾層にも何通りにも重なりあって存在する場所のあり方を描き切ろうとすれば、仮に原寸大であっても二次元の地図では十分とはいえないだろう。土地で話されている言葉を地図にしたものと、土壌の種別を記載した地図は同じ領域を描いた異なる画布であって、これは同じひとりの人間の心についてフロイト派とシャーマニズムが異なる理解をするようなものだ。つまりいかなる表象も完全ということはない。ボルヘスの比較的地味な作品に、広大で複雑な王宮の様子を余すところなく物語ってしまう詩人の話がある。皇帝の目にはこの詩人が盗人と映り、怒ってしまう。別のバージョンでは、詩が王宮そのものとなり建物は消え失せてしまう。そこまでの描写をそなえた詩は完全な地図であり、地図こそが領土そのものだ。この話は囚われの画家が中国の皇帝に命じられて風景画を描いたところ、あまりに見事であったために画家がその奥に逃げ去ってしまう、というまた別の物語も連想させる。これらの寓話は、表象は常に不完全なものであり、仮にそうでなくなれば表象ではない、何かつきまとう分身のようなものになるという話だ。そして地図の上の知られざる領域《テラ・インコグニタ》は、知りえる事柄というものもまた未知の大洋に囲まれた島のようなものだと語りかけている。つまり地図を作る者は自分たちが知らないということを知っていたのだ。無知の覚えがあることはただの無知とは違う。それは知識の限界を悟ることだ。

十八世紀の地図作成者ジャン・バティスト・ブルギニョン・ダンヴィルの言。「誤った理解を打ち砕くことは、それ以上のことをしなくとも、知識を前に進めるひとつの方法である」。未知の認識は知の一部であり、未知はテラ・インコグニタとして目に明かされる。けれども主題としてはみえないままだ。耕地や主要都市を示した地図には断層や帯水層が描かれず、逆も然りであるのと同じことだ。紀元前百五十年ごろにクラテスというローマ人が作った地球儀は、地球には四つの大陸があり、そのうち三つは未知であるという説に基づいていた。そのややのちの時代に、プトレマイオスがその後千五百年間にわたって世界地理の基本文献となる地図を作成した。ある地図史研究者によれば、「プトレマイオスは人間の居住地域に関するギリシア的な理解から脱却した。彼は水で囲まれた世界（ホメロス的な局限された世界という意味で）や、大陸付近を流れ巡る〈オケアノス〉という考えを棄て、それらに代わって、恣意的に描いた境界線の向こうは未知の土地《テラ・インコグニタ》があるという可能性と蓋然性を認めたのだった。それは、別のいい方をすればこの問題をのちの調査に委ねるということだった」。クラテスとプトレマイオス以前の地図は既知の領域を水で囲まれたように描いていた。こうした、世界が囲繞され周航可能であるという認識とともに、その独善性もまた捨て去られたはずだ。しかしいかなる地図にも「テラ・インコグニタ」とは書きそうにない現代のわたしたちの自惚れはその独善と何が違うのだろうか。

　南北アメリカ大陸を描いたセバスチャン・カボットによる一五四四年の地図には南米と中米の全体、および北米の東海岸が描き込まれている。当時の流儀を伝える見事な地図だ。ひとつの地方くらいの背丈に描かれた暗色の肌の人物が大陸の南を闊歩し、北部ではキューバやハイチよりはるかに大きく描かれた二頭の白いクマが逆の方向、つまり西へ向けて歩いていて、広大な陸地には山を見下ろすような草の茂みが点在している。しかし西海岸はカリフォルニアが始まるあたりで消滅している。バハ・カリフォルニアを過ぎたところで、まるでそこでは世界がまだ出来上がっておらず、陸地でも海でもなく、ここはまだ創造者のわざが終えられていないとでもいうように描線は止まり、ただ「テラ・インコグニタ」という言葉が広大な空白を横切るように記されている。この二年後にガスタルディによって描かれた地図では、北米大陸西部の空白地帯にはアジアがパズルのピースのように嵌め込まれ、チベットからネバダ（まだその名も場所も登場していない）まで北部へ迂回することなく歩き通せそうに描かれている。大陸には芋虫か雲のようなもこもことした奇妙な形が散りばめられ、丸い地球の縁から雲が湧き上がっている。後の地図では太平洋がそれとして登場するようになるが、しばしばそこにはジャワが最終的にその名をあたえられたものよりもはるかに大きな伝説上の島として描かれていた。ブラジルやアマゾンやカリフォルニアも、同じように想像された土地の名があたえられた現実の場所だ。その太平洋において、カリフォルニアは長い間、北米大陸の西岸から少し沖合の巨大な島として描かれ、大陸の北西部沿岸は描かれないままに残されていた。それは世界を地図に収めていったヨーロッパ人にとって最後に残されたテラ・インコグニタのひとつだった。

　自分が知っていると想像すること、つまり未知を推測で埋めあわせることは自分が知らないと知ることとはまったく違う。こうした古い地図にはその両方の心理が現れている。理想郷《シャングリラ》と未知の土地《テラ・インコグニタ》、知られざる北西部沿岸と、カリフォルニアという想像上の島（ただその西側の描写や地名にはいくらか正確なところはある）。待ち人が現れないとき、人は何かが起きたのだろうと語りはじめ、遁走やら誘拐やら事故やらがあったに違いないといくらか思い込んでしまうことがある。心配する、というのは自分が知ることも制御することもできないものについてそれができる振りをする方法なのだ。そして驚かされるのは（わたし自身も含めて）わたしたちがただ知らないでいることより厄介なシナリオのほうがよほど好きだということだ。もしかすると、空想は地図が抱え込む未知を声高に名指す代わりに、埋め合わせようとするものかもしれない。

古代ギリシアのヘロドトスはアフリカの砂漠に暮らすアタランテスという種族について語っている。彼らは名前をもたず、生類を食うことなく、夢をみない。そして東リビア（アフリカ北西部をそう呼んでいた）には「犬頭人や胸に目のある無頭人（わたしは保証できないが、ともかくリビア人のいうことには）、男女の野人や、突飛なものではない多くの生き物が生息する」と。その数世紀後、紀元三世紀のソリヌスはアジアには衣服の代わりに自分の耳で身を覆う馬脚人がおり、ゲルマニアには発光する鳥がおり、アフリカにはその影によって犬から吠え声を奪い去るハイエナが棲んでいると書いた。一五七〇年まで時代を下っても、アブラハム・オルテリウスが作成した世界地図には南方大陸《テラ・アウストラリス》という巨大な想像上の大陸が描かれ、彼の地には「島々の浮かぶ河」や「鸚鵡の土地」をはじめとするまったく架空の事物が配置されていた。南方大陸の謎が決定的に解明されるのはようやく一七七二年から一七七五年にかけてのキャプテン・クックの第二回航海を待たねばならず、同じように北西航路という仮説もクックの最後の航海によってようやく否定された（こちらは将来の地球温暖化が状況を変える可能性はある）。

十九世紀になっても、人びとは空想と欲望がつくり上げた土地を探しつづけていた。すでに古地図のニューメキシコ北部に描かれていた魅惑の土地シボラが単に現在のカンザスに過ぎないことが発見され、コロンブスが考えたように中米に地上の楽園が存在することはなく、彼自身も辿りついた陸地がアジアではないということはわかっていた。それでも一八四〇年代にはジョン・C・フレモントがグレートソルト湖から太平洋へ流れるブエナベントゥラ河を探すのだと主張していた。大陸を横断する水路、もしくは久しく夢みられてきた北西航路で想定されていたような北回りの水路という希望は長らく捨てられることがなく、遺恨とともに断念されていただけだった。そしてドナー隊の悲劇がもたらされた要因のひとつは、ユタ西部の塩類平原を横切る、西部への近道となるはずの経路の不十分な情報であり、そこは長い間グレートアメリカン砂漠と呼ばれていた未踏地域だった。そしてネバダ州の南部から中央部は、その後も長年にわたって地図上の空白にとどまり、探査も行なわれず、アメリカ本土四十八州のうちで調査が待たれている最後の領域のひとつとなっていた。一九〇〇年代のネバダにはマンス、モンゴメリー、ミダス、ベルヴィル、レヴェイユ、カンデラリアといったいまでは廃れた鉱山町が数多くあったにもかかわらず、その空白は二十世紀になっても不思議と埋められないままだった。さらにのちになると、ウェールズにも匹敵する広大なその一部がネリス空軍基地となり、ネバダ核実験場が造られた。そして数十年にわたって無数の核爆弾が小さな太陽のように炸裂する土地となるのだが、民生用の地図では一帯が空白のままにされることも多く、あたかも未知の土地へ逆戻りしてしまったかのようだった。

カリフォルニアを島とする地図が最後に描かれたのはおそらくキャプテン・クックの航

海ののちなのだが、コルテス海〔カリフォルニア湾〕がメキシコ領バハ・カリフォルニアと合衆国領アルタ・カリフォルニアの境のあたりで終わる海峡ではなく、北に延びて太平洋にふたたび合流しているという説はもっと早い時期に否定されていた。古い地図で、この大陸で自分のいる場所が島や空白となっているのをみるのは不思議なものだ。ニコラ・ダブヴィルによる一六五〇年の地図ではカリフォルニアは島となっているが、その対岸の北のほうは陸なのか海なのかはっきりしない。ヘンリクス・セイルによる一六五二年の地図では、陰影によって北西部沿岸が縁取られているものの、はっきりした線で描くことは避けられ、広大な空白に大文字で「北方の未知の土地」と記されている。さらに、ペドロ・フォントが一七七七年に作成したサンフランシスコ湾岸一帯の地図になってもゴールデンゲート（とフレモントがのちに名付ける場所）より北の内陸部は空白であり、わたしが子ども時代に過ごした場所は知られざる土地に留まっているのだ。

イラクにおける先頃の戦争が準備されるなかで——中心に二本の大河が流れる彼の地は、四本の河の源とされる聖書的楽園に地上のどこよりも近いのだが——あるハゲタカのような人物が市民を巻き込んだバグダッドへの空爆を主張してこういっていた。「周知の知られていること、つまり我々が知っていると知っている物事がある。そして周知の知られざることの存在も我々は知っている。つまり我々は自分たちの知らないことが存在するとわかっている。しかし同時に未知の知られざること、つまり我々が知らないとすらわかっていない物事があるのだ」。戦争の衝撃と破局のなかで明かされたのはこの第三のカテゴリーの重大性だった。そして哲学者スラヴォイ・ジジェクは、彼が第四のカテゴリーすなわち「〈知られざる既知のこと〉、つまり我々が知っていると我々が知らないこと。まさしくラカンが「自分自身を知らない知識」と呼んでいたフロイト的無意識」に触れていないと指摘した。さらに「真の危うさはその否認されている信念や推測、あるいは我々が知らない振りをしている不当な行為のうちに存在する」と。地図に残された未知の土地は、知識もまた未知の大海に囲まれた島だと教えるのだが、わたしたちがいる場所が陸地なのか海なのかはまた別の話なのだ。

一九五七年、イヴ・クラインは地球儀を彼の深く鮮やかな青色に塗り上げた。そこに生まれた、国の分断も陸水の区別もない世界では、地球そのものが空になり、見下ろすことがそのまま見上げることになったかのようだった。一九六一年には同じトレードマークの青で立体地形図を塗り、あらゆる区別を消して地形だけを残したシリーズを始めた。フランスの一部を表わす地図が並ぶなかに、ヨーロッパと北アフリカを一望するものがあった。ひと連なりに塗り上げられてしまうと、当時内戦下にあったアルジェリアとフランスでさえ区別がなくなった。美術史家ナン・ローゼンタールは「クラインは、あたかもそれが戦争の終結を訴える誰の目にも明らかな政治的手段であるかのように色を使用した」と述べている。クラインは区別や分断に抗いつづけ、色彩の統一的な力を讃え、絵画における描線さえ非難の対象とした。帆船やドラゴンを描きこまれたあれらの古地図は——どれだけ美しいものであっても——帝国と資本の道具だった、彼の作品はそのことを思い出させる。科学とは資本主義による世界の認識方法なのだと友人がいったことがある。そしてあれらの地図に記された峻別や細かい事物は何よりもまず商人と軍事遠征のためだったと。「未知の土地」と記される場所はまだ征服されていない対象でもあった。世界を青で塗り潰すということは、世界のすべてを分割も征服もできない未知の土地にするという苛烈な神秘主義的身振りなのだった。

　クラインの作品はいずれも表象というもの自体を越え、あるいは無化しようとする試みだった。常にそこにないものを主題としていた彼の作品は——それが物質ならざるもの、すなわち空虚《ヴォイド》の現前の追求であったとしても——直接性と現前の芸術を希求するものだった。彼はひとつのもののために多くを消し去ろうとしていた。純粋な色のためにイメージを消し、ただひとつの音のために音楽を消し、無形のもののために形あるものを消そうとした。彼の主要な絵画作品は主題をもたず、人型が表れている作品の場合もそれは表象というよりは接触の痕跡——男性の身体に塗られた石膏や、女性の身体に塗られた顔料が残した痕——だった。何であれ形となるものは少なくとも具象ではなかった。そしてル・ヴィド展や、噴き出すガスの炎を作品としたもの、あるいはそれでカンバスを焦がして穴を開けたもの、河に投げ捨てられた金塊、そして『虚空への跳躍』といった作品は、クラインによる消散や消滅、あるいは非物質化の直接的な追求だった。彼を神秘主義というのは、その関心の向かう先に理性的精神や物事の見通し、さらにおそらくは産業時代をも解消することがあり、その先には理性の地図を消し去って純粋意識の虚空へ入ってゆくことがあったからだ。パリの最初の展覧会の主題もそこにあった。

一九六〇年の『虚空への跳躍』にはいくつか議論がある。残されているのは公表された写真のみだ。写真には人気のないパリの街角が写っている。石造りの塀と年季の入った舗道があり、樹々が塀の上に葉を茂らせ、左手の塀かその塀の向こうの建物のマンサード屋根からクラインが跳んでいる。落ちるのではなく上空へ向けて、身体を反らし、手を広げ、額の髪を跳ね上げ、眼下の舗道の上空一〇フィート以上の高みに飛び出している。あたかも着地のことは考える必要もなく、着地する気もなく、無重力の空間に跳び込むように、あるいは彼を永遠に上空に留めているこの写真の、時間を越えた世界を目がけるようにして。白く抜けた白黒写真の空と濃色のスーツ——クラインの身なりはいつでも隙がなかった——と彼の反らせた背中が、この挙を単なる重力の危うさではなく格調と祝福を湛えたものにしている。背景を列車が通過し、通りの右側を自転車が遠ざかってゆくほかは動くものがない。畑を耕す農夫の後景で海に墜落するイカロスを描いたブリューゲルの絵のように、誰も飛んでいるクラインに気づいていないか、気にしていない。そんな写真だ（もちろん、少なくとも撮影者たちがそこに集まっていたということの証明ではあるのだが）。

クラインは四ページからなる一日だけの新聞『日曜日』を作成した。彼の跳躍の写真が一面を飾り、新聞の体裁で作品の解説やマニフェストが書かれたものだった。写真の上には、人類の軌道上への到達を競う宇宙開発競争をもじって「人間、宙を飛ぶ！」という見出しが踊り、次のようなキャプションが綴られていた。「柔道四段黒帯保持者、モノクローム氏〔イヴ・ル・モノクロームというのが彼の号だった〕は日頃より空中浮揚を実践中！（保護ネットの有無に関わらず命懸けである）。お気に入りの空中彫刻作品である、一九五七年に展覧会場からサン＝ジェルマン＝デ＝プレの空に消えてしまった千一個の青い風船に合流するためだという。彫刻を台座から解放することは彼の長年の課題であった」。抜け目なく時事に絡めて自分の芸術実践に言及し、陽気な悪戯心と神秘主義を綯い交ぜにした文章はまさにクラインの真骨頂だ。さらにこうつづけている。「今日、宇宙的画家は実際に宇宙に行って描かねばならぬ。それも、誤魔化しや飛行機やパラシュートやロケットを使うのではなく、何にも頼らずに自分だけの力で。つまり浮揚能力が必要なのだ」。過去に没頭した薔薇十字や柔道の教えはここに極まっているといえよう。そして新聞の題字の脇には、「青の革命はつづく」というフレーズが太々と刻まれている。

クラインの飛行への執着は終生変わることがなかった。「自分は飛べるんだと信じていました。昔の僧侶は空中浮遊ができたのだ、自分もそうなるのだといっていたものです。

取り憑かれたみたいに、小さな子みたいに本当にできると確信していたのです」と未亡人ロートラウトは語っている。またクラインの親しい友人のひとりによれば、飛行とは空へ文字通りに入ってゆくことを意味し、空中浮揚に劣らない執着の対象である消滅を、虚空へ溶け込むことを意味していた。虚空への跳躍は仏教的な悟りのことを意味するようにも読める。西洋人のように空無を欠落とみるのではなく、それを受け容れ、限りある物質世界を手放し、無限、超越、解放、そして悟りへ至る道として。クラインは「ともに虚空へ来たれ！」と書いたこともあった。「君もまた夢みているのだ／あの素晴しき虚空を／あの絶対なる愛を……」。

写真は証言する。ただし、クラインの跳躍を捉えたこの写真が証言している事態はただ男が飛び上がろうとしていたという単純なものではなく、その出来事についてはじつにさまざまな言葉が残されている。写真自体はただの痕跡であり、この芸術――つまり跳躍そのもの――の置き土産に過ぎない。この一九六〇年十月十九日に撮影された写真は、六〇年代に重みを増す一群の新しい写真の先触れのひとつだった。すなわち遠隔地だったり、一瞬だったり、ほかにはみせようのない個人的なものだったり、展示することができず、写真という代替品がなければ失われてしまう類の芸術の記録写真だ。芸術家が展示するのは身体の動きや、その場限りの行為や、遠い場所の地形への介入の記録であり、写真は、芸術作品や美的な体験そのものではなく、目撃されなかった事物、過ぎ去った時間、他なる場所の形見として、想像力の道具としてそこに掲げられていた。

件の写真はモンタージュされたものだ——柔道の心得あるクラインは確かに跳んだのだが、下では十人の柔道家が丈夫な布を広げて構えていた。そして写真は頭上のクラインと仲間がいないときの街路を切り貼りしたものだった。しかしマケヴィリーによれば事情は少し異なる。彼はクラインに親しい者の話から、跳躍が複数回行なわれたこと、そのうちには立会人がいないため証拠がないものの、一月に本当に何もない虚空へ向けて跳んだものがあったという証言を紹介している。そしてクラインがロートラウト以前に生活を共にしていた女性ベルナデット・アランは、自分が立ち合ったいちばん最初の跳躍について以下のように述べている。「受け身を知っている柔道家だからそれほどすごいことには思えませんでした。……彼くらいのトレーニングをした人なら体勢を整えて安全に落ちるやり方は身についているでしょう。彼はひとつの挑戦の身振りとして、自分が虚空に向けて跳ぶことができる、ただ窓から飛び出すのではなく空に向けて跳ぶことができるということを証明するためにやったんだと思います。……下はただの舗装された道で、何もありませんでした」。跳躍の舞台となった画廊主コレット・アランディの家はアソンプション通りにあった。この通りの名はカトリックの国フランスで聖母マリアの被昇天を意味するものだ。そしてこの閑静な十六区の街角の数ブロック先に受胎告知《ラノンシアシオン》通りがあることからしてますますその意が深い（ぼんやりと古いパリの地図をみていて、わたしは十七歳のころこの通りのメイド部屋で何か月か暮らしていたことがあると思い当たったのだが、とするとわたしは知らずにこの跳躍の舞台を何度も通り過ぎていたことになる。わたしたちはそれぞれの地図を同じ地表に描きながら生きているのだ)。

一月の跳躍のあとでクラインは友人のパイロットを訪ねた。このパイロットはその後ヒマラヤを飛行中に本当に虚空へ消えてしまい帰らぬ人となるので、それが最後の面会になった。跳躍の際に「踵を捻った」ために、クラインはしばらく片足を引きずって歩いていた。そして自分の跳躍を信じる者がほとんどいないと知り、その十月、別の場所でカメラを前に再演することにした。このとき、彼は下に布を準備して、カメラの前で二度跳んだ。ロートラウトがもう一度舗道に直接跳ぶのはやめるよう説得したためだった。公式の写真は落ち着き払った表情で上空に飛ばんとするクラインを捉えている。別の写真ではクラインの体は少しブレて、下を向いて少し手足をばたつかせているようにみえ、落下している人というより飛び降りる猫のようにもみえる。しかし人びとに公表された写真では、彼は停止した一瞬のなかで上空を目指して永遠に飛翔しているのだ。

ここでイヴ・クラインについて語るべきことは尽くされただろうか。クラインは三度の跳躍を行なった翌年にアメリカを訪れ、ニューヨークでは冷淡に迎えられ、まさにアートシーンが花開こうとしていたロサンゼルスではあたたかい歓迎を受けた。そこでクラインはデスヴァレーに行くことを熱心に希望し、ある芸術家兼キュレーターの若者の運転で砂漠の奥へドライブをしたが、デスヴァレーにまでは行かなかった。彼の薔薇十字の教えの発送元だったアメリカの西の果てへの旅は、柔道を学ぶために渡った極東に始まる旅路をしめくくるものになったようにも思える。その後のクラインは少しずつ死に関心を向けてゆくようになった。クラインにとって死は常に飛翔と消失に近しいものだった。パリに戻ったクラインは惑星レリーフと呼んだ青く塗った地形図の制作を始め、妊娠していたロートラウトと結婚した。彼の心臓は覚醒剤の代価として衰えつつあった。一九六二年の六月、クラインは三十四歳で死んだ。同じくイヴ・クラインと名付けられる息子が生まれる数か月前のことだった。その悲劇的な若さと裏腹に、彼の人生はまるで隕石か流星が空を横切った軌跡のように、完結した芸術作品だった。

光だけではなく暗闇もまた映画をつくりあげる。夥しいイメージからひとつの動く絵を織り上げるのは、光に満ちた静止画と静止画の空隙に挟まれたこの上なく短い一瞬の暗闇だ。その闇がなければ、ただぼやけたものしか残らない。別のいい方では映画一本には三十分から一時間分、みられることのない闇が含まれている。仮にこの暗闇を全部つなぎ合わせてみれば、そこには居並んだ観客が映画館の非現実の夜の深みをじっとみつめている姿がみえてくるだろう。それは映画のテラ・インコグニタ、あらゆる地図に残された暗黒大陸だ。同じように、ランナーの一歩一歩は跳躍であり、彼または彼女には大地を離れている瞬間がある。その一瞬一瞬では影は漏らした尿のように足下から流れ出るのではなく、彼らの分身のように眼下に浮かんでいる。飛ぶ鳥の影が地面を這うように、地球の表面を軽やかに撫でながら、影の主が地上に近づいたり遠ざかったりするにつれて大きくなり、小さくなる。長距離走をする友人たちの身になってみると、そのわずかな跳躍も足し合わせれば侮れないものになる。何分かの間、彼らは自力で地上から浮いているのだ。百マイルレースの間では一時間とか、あるいはもっとだろうか。わたしたちは飛ぶ。暗闇に夢をみて、計測しようもないほんのわずかな一口の楽園を貪るのだ。

第９章

平屋の家

One-Story House

両手でカメを持って、ミサ仕えの子が捧げ持つ聖書か、山師のダウジングロッドのように体の前に支えながら部屋の壁際をぐるぐると歩いていた。褐色を帯びた甲羅の一枚一枚がくっきりとみえた。カメはわたしの手のなかで尿を漏らした。その大きさのカメが貯め込んでいたとは思えないほどの水分が流れ出してきた。この生き物は泉だった。わたしは両手に岩の裂け目を持っているのだった。そして目が覚めて、歩き回っていた部屋は子ども時代の寝室だと気がついた。

十四歳でそこを出て以来、折に触れてその家を歩き回っていた。四半世紀が過ぎても、わたしは夢のなかでまだそこから出て来ようとしなかった。L字型をした平屋の、当時の典型的な郊外住宅だった。子どもは、二階の窓を目に、玄関ドアを口にした顔のような住宅の絵を描くものだ。頭は家であり、その安定感と中心性が建物を家にする。この住宅にはただの膨らんだ廊下のようにつながった共用の部屋と、ついでのような袋小路の寝室が並んでいるだけで、中心がなかった。けれどもわたしの心はそこに嵌まり込んでいた。前の持ち主が、風変わりでおかしな植栽を家のまわりにめぐらせていた。ブラシノキと、作り物のイチゴの木と、そのころ男の子が履いていたコーデュロイのズボンのような粉っぽい青色をしたトウヒと、あとはテカテカした葉や棘のある、名前も分類もわからない、食べられそうにもない多肉植物など。一年中日陰になっている隙間の奥に一本の木があって、毎年、ユリのような巨大な花を咲かせた。皮膚の薄い動物から黒い革をつくり、それを皺くちゃにしてこしらえたような花だった。通りに面した二つの子ども部屋の前には不恰好なネズの樹が一本あり、夜、通り過ぎる車のヘッドライトが枝の影を翼竜のように壁に走らせた。庇や軒やテラスの屋根が日光を遮り、その奥はメラミンと、タイルと、リノリウムと、壁から壁まで敷き詰められた濃緑の絨毯でできていた。絨毯は森林の航空写真のように毛羽立っていた。すべてが冷やかで馴染みのない材料でできているようだった。いちばん奇妙なのはプールだった。

そのプールは温水ではなく、一年のほとんどの時期は痩せぎすの子どもが飛び込むには冷たすぎた。にもかかわらず、埃や塵を取り除くために絶えず掃いたり掬ったりして掃除しなければならなかった。そのための道具は途方もなく長く、雲に届く化け物が食事に使うフォークのようだった。ありふれた淡いターコイズ色、裸足をざらざらと擦るピンク色のセメントの縁取り、そして水から立ち昇る塩素の匂い。どんなものであれ、水の塊はどこか怖気と謎を感じさせる。どんよりと濁った水は、みえない深みに何かが潜んでいる予感がする。澄んだ水は、はるか下の水底に誘われているような気がする。けれど、飛び込めば水に持ち上げられて大気とも地面とも違う妙なところに宙吊りにされるだけだ。長さ三〇フィート、一番向こうで高さ八フィートになる不可思議な一塊の水。透明で、飛び込めるくらいの深さのある囚われたもの。まさに「水の塊《ボディ・オブ・ウォーター》」という感じだ。ほんのわずかな風でも水の表面には模様が浮かび、太陽がそれを奇妙な糸のように縒り上げて水底を走らせる。魚影のない海に投じられた無限の網。後年、わたしはその家と同じくらいにプールの夢をみつづけていた。まるで、いつまでも出口をみつけることができずに建物のなかで迷いつづけているようだったけれど、そのプールは迷宮の一部というよりそのなかで光を放つ聖なる井戸なのだった。

その住宅では酷い出来事があった。とはいえ取り立てて珍しくも面白くもないことで、その手の話を聞くセラピストが高い時間給を取るには相応の理由があるのだ、といえば足りる。あるいは、ひとついっておくとすれば内面の資本主義ということだろうか。人生でもっとも大事なこともまた手に入れて貯め込むことができる、信頼の市場を買い占め、幸福に敵対的買収を仕掛けることができる、そういう信念のことだ。それは希少性の原理、つまり世のなかに何かが不足しているという理解あるいは感覚にもとづく経済であり、そうした無形のものが贈与によって増加するものではなく、総量の定まった奪い合いの対象として存在しているという信念だ。お話はアリアドネの糸のような贈り物にも、迷宮にも、迷宮で牙を剝くミノタウロスにもなりうる。わたしたちは物語を導きとして進む。けれども、ただそれを打ち捨てて逃げ出すこともある。

何年か前に、母がその家を修繕したという夢をみた。あるいは夢の強引な世界のなかではそういうことになっていた。プールの周囲にはガラスの破片が並べられ、バスルームには棺桶の形に穿たれた二つのバスタブがあり、わたしの寝室の壁は明るい色に塗り変えられて躍る骸骨の行列が描かれていた。夢には父もときどき出てきた。その死が遠い昔のことになり、あの砂漠の隠者から銃の扱いを学んで間もないころには、銃があるのよ、下がりなさい、と父に向かって叫んでいた時期があった。そんなふうにしばらくやっつけていると彼は害のない存在になった。その年月の間、わたしはどこか別の場所へ移ろうとしていたことは確かだ。主寝室を征服して、そこからまたどこかへ移ろうとした。自分の部屋から家族を追い出すと、やがてカメの夢が到来した。

夢のなかでは何も失われない。子どものころ住んでいた家も、死んだ者も、失くした玩具も、すべて目覚めた頭には到底つくり出すことのできないほど鮮やかに姿を現す。そこで失われているのは自分だけだ。いちばん親しみをもっていた場所もどこか馴染みをなくし、あり得ない場所に通じている、そんな大地をさまよっている自分だけが失われている。けれどもその放尿するカメを運んでいた翌朝、わたしはもうあの家には囚われていないのだと悟った。夢の重みはそのサイズとは関係がない。霧でできた夢もあれば、レース編みでできた夢もあれば、鉛でできた夢もある。そして夢のなかには、ありきたりな内面の欠片ではなくどこか外の世界から放たれた稲光がつくり出したようなものもある。

そのカメはどこから来たのだろう、とわたしは考えた。二歳のころ、動物園でガラパゴスゾウガメに乗ったことを思い出した。真ん中の兄が飼っていたハコガメのことと、復活祭のときにペンキで色を塗られた——まだ動物愛護があまりいわれていなかった時代に——小さなアカミミガメも思い出した。ズニ族ではカメが帰ってきた死者の霊魂と考えられているということを読んだ。そして、カメでもリクガメでも、あらゆるカメのイメージにはどこかわたしを惹きつけるものがあることに気がついた。何か月か過ぎたあとで、十年近く前、モハーヴェ砂漠で数人の女性とキャンプをしていたときにサバクガメに遭遇したことを思い出した。デスヴァレー近くの枝道で、道路の真ん中にすっかり成長したカメがいるのをみて車を停めたのだ。車を降りてカメをみながらわたしは知っていたことを話した。彼らは環境の変化のストレスを受けているので病気や感染に弱く、特に呼吸器の病気になりやすく、何かうつす可能性があるので触るのはよくないということ。危険を感じると体に貯めていた水分をすべて排出することがあるということ。その水は草木の葉から少しずつ集めたり、雨後の水溜りから吸い上げたりしたもので、体重の四〇パーセントにもなり、排出してしまうことはそれ自体が危険だということ。

しかし、彼らの生息地のモハーヴェ砂漠やコロラド砂漠西部では、自動車やオフロード車に轢かれてしまうことも多いのだった。わたしたちに気づいて立ち止まったカメをみているうちに、遠くから向かってくる車に気づき、わたしは清潔な布巾を取り出し、布巾越しに甲羅を持ってこの生き物を持ち上げた。カメが頭と手足を甲羅に引っ込めると、わたしは土埃の色をした重いドームを、何重にも線の刻まれた一枚一枚の板でできたモザイクの曼荼羅を運んでいるようだった。体の前に捧げるようにして持ち、砂漠のなかの低木の茂みまで五〇フィートくらい歩き、もともと進んでいた向きに地面に下ろした。地面に置かれると、ぎこちなく体を揺するようにしてふたたび歩き始めた。一歩進むごとにその甲羅がゆらりゆらりと揺れるのだ。よく知られた禅の説話のひとつに、女禁を誓った二人の僧の話がある。ある日彼らが荒れる川の辺《ほとり》に来ると、渡るのを手伝ってほしいと懇願する女が――古いお話に逞しい女が登場することは少ない――いるので、僧の一人が向こう岸まで女を運ぶ。川岸をしばらく歩いたあとで、もう一人が誓いを破ったといってこの僧を非難する。するとこの僧は「お前はなぜまだあの女を引き摺っているのだ。わたしは川の向こうに置いてきたぞ」と答えるのだ。この砂漠でのささやかな出会いから数年を経ても、わたしの手のなかにはなおカメがいた。ただしそれは方位磁針に、査証に、お守りにと変化していった。

サバクガメが追いやられている絶滅の危機（一九九〇年に合衆国魚類野生生物局によって「絶滅危惧」指定を受けた）は人間の侵食によるものだ。個体数減少の原因は数多い。外来植物による食性の阻害、家畜の放牧、犬、自動車、開発、軍事基地はいずれもその要因であり、ペット用の捕獲も蔓延している。砂漠へのゴミの投棄が増えたためにカラスが激増し、まだ甲羅が身を守れるほど固くない五歳くらいまでの若いカメが餌食になっている。(あの砂漠の隠者が、甲羅を鳥につつかれて深い傷を負ったカメをみつけたことがあった。彼はそのカメを家に持ち帰って知り合いの動物園の獣医を呼び、台所の流し台で急ごしらえの手術をして助けようとした。そして数日間、その場にいなかったわたしに電話で「カメのお嬢さん」の容態を報告してきたが、「お嬢さんは助からなかった」といった)。サバクガメは一年以上の間、食料や水なしで生きることができる。一年のうち何か月かは北寄りの気温の低い地域で冬眠し、夏のいちばん暑い時期は涼しい巣穴に留まり、巣穴から一マイル以上出歩くことは滅多になく、ゆっくりと歩き、ゆっくりと年を重ね、百年を越えて生きる。彼らが地上に現れてから六千万年が経つともいわれる。保護プランは五〇パーセントの確率で今後の五百年間を生き延びさせることを目標としている。政府はそれ以上リソースを投じようとせず、逆に活動を縮減しようともせず、ただ五分五分の見込みに賭けている。

一九一九年、ある民族学者がチェミフエヴィ族の鍛冶の男と恋に落ちた。彼らが暮らす広大な地域はカメの生息地の真ん中にあった。そのすでに四十八になる鍛冶ジョージ・レアードが子どものころに聞いていた数多くのいい伝えは、その大半がすでに忘れられ、色褪せ、失われつつあるものだった。一八八八年ごろの冬、十六歳の彼は末期の梅毒に苦しむ男の看病をしていた。死にゆく男は彼らの言葉がもともともっていた響きを少年に教え、「長く眠れぬ夜に、不死の存在や、人間以前の動物の人びとの物語を優雅かつ見事な調子で語り明かした」。二十一年間、このチェミフエヴィの男と民族学者キャロベス・レアードは一心同体に暮らした。彼女は言葉や歌を学び、彼の知る物語を聞き、彼が没して長い年月を経て彼女自身も老齢となったころ、そのノートと覚書を一冊の民族誌にまとめ上げた。カメについて彼女はこう記している。「この爬虫類は食料に適している一方、独特の神聖な雰囲気も帯びていて、その昔から今日に至るまでこの部族の精神の象徴となっている。「チェミフエヴィの心臓はカメのように打たれ強い」。この「打たれ強さ」は、耐えて生き延びるための意志と能力を意味している」。しかしそのカメがわたしたちから生き延びることは難しくなっている。

　物事は本性からして失われるものであり、それ以外の帰結はない。考えてみれば、夢を語る言葉が生まれたのちにみられてきた数限りない夢の時間の積肥からいったいどれだけのものが掬い上げられただろうか。名前も、願い事も、言語さえも、ほとんどない。わたしたちはイギリスとアイルランドに巨石を立てた人びとが話した言葉も知らないし、その石が意味していたことも知らないし、ロサンゼルスに暮らしていたガブリエリノ族の言葉も、マリン郡に暮らしていたミウォク族の言葉も、ペルーにあるナスカの砂漠の巨大な地上絵を描いた方法も、その理由も、さらにはシェイクスピアや李白のことさえよく知らない。わたしたちはまるで、例外を法則のように取り違えて、いずれすべてを失ってゆくということよりも、たまたま失われずに残っているものを信じているようだ。わたしたちは、落としたものを頼りにして、もう一度帰ってゆく道をみつけることができてもよいはずだ。森のなかのヘンゼルとグレーテルのように、時間を遡る手掛かりを辿り、喪失をひとつずつ埋め合わせ、失くした眼鏡から失くした玩具へ、そして子どものころ抜け落ちた歯へ戻ってゆく道を。けれどもほとんどのものは、わたしたちの過去というもはや手の届かない秘かな星座をつくり、夢のなかにだけ戻ってくる。そしてその夢ではまさに夢をみている者だけが失われているのだ。そうしたものは、きっとどこかには残っているはずだ。ポケットナイフとかプラスチックの馬といったものは朽ちて消えてしまうわけではない。そうはいっても、この世界を流れてゆく事物の大河のなかで、いったいそれがどこへ行ってしまったのか、知り得る者はあるだろうか。

いつだったか、ラインストーンで描かれた三日月と星がついたロケットをみつけたことがある。裏側には読めないくらいに入り組んだ頭文字が綴られていて、なかに古びた写真が二枚入っていた。失くして胸を痛めている人がどこかにいるはずなのだが、誰も名乗り出てこないのでまだわたしの手元にある。また、ポルトガルほどの大きさに残された道なき大自然のなかで、川下りの旅をしていたとき、早々と靴下を片方失くし、しばらくしてサングラスを失くして、ゴミひとつない自然を汚してしまうと思ったことがある。まだそこにあるか、あるいは、ロケットを拾ったわたしのように、誰かがみつけて訝しく思ったかもしれない。その旅の間、わたしはボートから身を乗り出して川底をみつめていた。誰もその名を知らないような川が、これまたほとんど知られていない川へと合流し、眼下には、何千という石、数えようもない数の石が通り過ぎ、これ以上澄んだ水はないというほどに澄み切った水の底に灰色やピンクや黒や金を幾マイルも幾日も漂わせ、その水をわたしはそのまま飲んでいた。無生物はすべてを目撃し、何もいわない。動物たちはもっと饒舌だ。そして彼らは消え去りつつある。

物事はわたしたちの与り知るものではなくなってゆくものだ――そしてわたしたちは自分のいる場所も物事がおかれた場所もわからなくなる――ということと、物事はこの地球から消えてゆくものだ、というのは別の話だ。この頃では目の前にある事物と知られている事物が奇妙に分かれている場合がある。生物学者はこれまでに知られている生物をおよそ百七〇万種と見積る一方で、地球には一千万から一億種が存在するとも見積っている。狂ったような速度で新種が発見され分類されてゆく一方で、既知と未知とに関わらず、消滅する種の数も同じように増大している。より多くが知られてゆく一方で、まだ知られていないことが減ってゆく。そしてわたしたちはその既知と未知の両方を失ってゆく。科学の視線を向けられることなく消滅してゆく数多くの生物種があるのは確実だ。そんな風に考えることは、わたしたちの頭の中身が拡大する一方で外側の場所が小さく縮んでいくと想像することにも似ている。わたしたちは文字通り、外の世界を貪り尽くそうとしているのだ。

夢のなかでわたしはワシになり、カワラヒワになり、三つの頭をもつコヨーテに出会い、狼、狐、オオヤマネコ、犬、ライオン、ウタドリ、魚、蛇、牛、アザラシ、数多くの馬や猫に出会った。なかには人語を話すものもあった。すっかり成長した牡鹿が女から帝王切開で産まれ、まだ羊水で濡れたまま走りだして木立に覆われたほの暗い道に消えていった。女から母乳を飲むガゼルの子どもがあり、女を妻とするヒグマがあった。「彼らはすべて、いわば荷役のための獣なのだ」。動物についてソローはそう述べている。「我々の思惟の幾許かを負うためにつくられたのだ」と。動物は古くから伝わる想像力の言葉だ。例え万分の一であれ、それが消えるという悲劇はその発話を淀ませてしまうだろう。ある男に、あなたの書くものはおよそ喪失に触れているといわれたことがある。それがあなたにみえている世界の姿なのだろう、と。しばらくそのことを考えていた。その意味でいえば、喪失というものは混ざりあう二つの流れを抱え込んでいる。ひとつは、何も漏らさぬようにすべてを書き留め、すべてを引き留めておこうとする歴史家の切望と、忘却の彼方へ永遠に失われかけているものを文書館や対話から掬い出す歴史家のよろこびだ。一方でもうひとつ、この時代にはあまりに多くが消え、空席が残されたままになっているという誰もがもつ経験も流れ込んでいる。いつの瞬間にも地上のどこかは日没を迎え、取り立てて記録されることのない日がまた一日、擦り抜けるように消えてゆき、自分たちを包み込んでゆく夢の世界を朝まで覚えている者はほとんどいない。喪失を持続させ、喪失を自然なもののようにするのは夥しいものの止め処ない連なりだけだ。日の出は変わらずに訪れる。けれど夢でさえいつか空っぽになってしまわないとも限らない。

黄金時代《アルチェリンガ》、ドリームタイムとは現代のことだ。そしてそこから漏れ落ちているものはあまりに多い。千年紀の変わり目へカウントダウンしながら走り去るデジタルの秒・分・時間・日を刻んでいたタイムズスクエアの時計を、一日少なくとも三十種、一年で一万種が消えてゆく絶滅危惧生物のために止めることはできなかっただろうか。何かが――あるいはすべてが――ラディカルに変わらなければ、その半数は百年で消えることになっている。現代がすでにノアの箱舟なのだと想像するなら、動植物は貪欲と開発と毒物という三人組の海賊に追いたてられ、過去という名の海へ列をなして突き落とされている。前世紀の中西部の空を何時間も何日間も暗くするほどだったリョコウバトの大群が消え、一九三〇年代には中西部の川から固有種の淡水真珠貝がすべて姿を消し、一九五九年にはサンタバーバラウタスズメ、一九七二年にはテコパパプフィッシュが消えた。二十世紀末時点で合衆国に百四十二頭が生存していると推計されたソノランプロングホーンは二〇〇二年までに半分以下に減り、ハワイでは七十二種の巻貝の姿が消え、ちょうど人類が初めて月面を歩いたころ五大湖ではブルーパイクが絶滅し、ゴールドラッシュのころアラスカではメガネウが消滅した。

大量のヤンキーたちが初めてサバクガメの生息地の奥へ足を踏み入れたのは、ちょうどカリフォルニアがそのゴールドラッシュに湧いているころだった。シエラネバダの金鉱へ急ぐデスヴァレー・フォーティナイナーズと呼ばれた一群の開拓者は、大盆地《グレートベースン》に辿りついた時点ですでにシエラ山地を越える道が雪に閉ざされていたため、モルモン教徒のガイドを雇いスパニッシュ・トレイルで南カリフォルニアへ向かった。〈聖ヨアキムの一行《サンホアキン・カンパニー》〉から転じた〈砂漠歩きの一行《サンドウォーキン・カンパニー》〉というのが彼らの自称だった——南の大鉱脈一帯の川や谷の名になっていたのがその聖人名のスペイン語読みであることを気にする者はいなかったようだ。途上で、ニューヨークから来た二十歳のオーケー・スミスという人物が現れ、もっと早く中央カリフォリニアへ行く道があると教えた。馬車の多くはその近道だという方角へ進路を変えた。残った少数の者はガイドに従ってそのままスパニッシュ・トレイルを進みつづけた。一行を惑わせたのは政府の派遣した探検家で〈道を拓く者《ザ・パスファインダー》〉と呼ばれたジョン・C・フレモントが作成した地図で、そこに描かれた東西に横たわる山脈は存在しないものだった（不正確な地図の問題は一八四六年のドナー隊遭難にも大いに関係していた）。地図には「これらの山岳は実地調査したものではなく、北側の調査経路の高地から観察されたものである」との注記があり、その一帯は大きく「未調査」と記されている。〈砂漠歩きの一行〉はこの架空の山脈の麓に沿って行けると考えてしまった。馬車で進むことが難しい場所にさしかかると大半の者は来た方向へ引き返し、残る者は小さな集団に散り散りに分かれていった。彼らはデスヴァレーを進み、やがて進路を失った。そこは西半球でもっとも海抜の低い干上がった湖で、二列の尖った山脈の間にぽっかりと開いた口のような場所だった。

「これまでこの一帯にいた経験から、水が豊富なのは高地のほうで、谷には水がまったくないか、あっても飲めないことがわかっていた。南の低地は移動しやすそうな反面、水や植物は期待できなかった。それなしでは間違いなく行き倒れだった」。半世紀後にウィリロストアム・マンリーはそう書いている。「ある意味では我々は遭難《ロスト》した。夜も昼も晴れていたので、太陽の通り道をみて方角を知ることはできた。しかし、ひと月かそれ以上、いかなる意味でも自然の生命のしるしをみかけなかった。ベストのポケットにはたっぷり火薬と弾があり、まともな猟師なら飢え死にするまで使い切ることはなかっただろう。なぜなら、狙うような生き物は大小の別なく存在しないのだ」。マンリーはアウトドアの技術に長けた優れた猟師だった。彼が一八四九年から翌年にかけて身を置いていた地域から、なぜそこまで生物の影が消えていたのか、適当な説明はみつからない。彼らのような開拓者にとってモハーヴェは空っぽの領域であり、水も動物も、地名も地図もなく、場所に命を吹き込み、意味をあたえるものは何も存在しなかった。彼らが恐れていたのはインディアンだったが、一行十一人のうち生き延びたのはパイユート族に助けられた二人だけで、

残り九名の骨はその十年後に小さなストーンサークルのなかで発見された。ほかのグルー

プは遭遇したインディアンから貴重な水たまりや泉や小川の場所を教わっていた。コロン

ブスがインドと取り違えながらカリブに辿りついたのはその四百年前だが、これほどの西

部の奥地では、先住民との直接的な接触はそれまでほとんどなかった。そして、未だそれ

が危機とはわからぬ事態に対して、先住民たちが抵抗することはなかった。

　腹を空かせた開拓者の一人が一〇ドルで仲間のビスケットを買おうとしたが断わられた。荷を軽くするために二千五百ドル分の金貨を土に埋めた者もあった。その半分の報酬で運び手を探したがみつからず、結局、埋めた場所もみつけられなかった。良質の鉱脈を示す鉱石をみつけた者はいたが、彼らの手元にはただそこで命をつなぐだけの食料と水しかなかった。デスヴァレー・フォーティナイナーズの一人が、銀を含む鉱石を銃の照準器の材料にしたことから名付けられた〈ロスト・ガンサイト・マイン〉という鉱床はよく知られるようになった。〈ロスト・ゴーラー・マイン〉も同様で、こちらはジョン・ゴーラーの一行が拾ったいくつかの金塊のことを指していた。ゴーラーはそれを一瞥して「それより水だ、金なんか役に立たん」と吐き捨てた。こうした鉱床は人びとの口の端に上り、後の時代の捜索者に無駄骨を折らせつつ、ならず者が持ち帰る鉱石の欠片によって伝説の度合いを深めてゆく。その旅暮らしの日々は奇妙なものだった。価値ある鉱石の発見という彼らの望みはすっかり棚に上げられ、富は意味を失くし、水がすべてに勝る意味を帯びる、

そんな場所の旅だった。分かちあうか生き延びるかという深刻な決断を課され、誰もが眼前に死をみつめ、死に見入られてしまう者もあった。それは砂漠がしばしば人を誘う、本質と内省へ逸れてゆく旅路だった。彼らはそこで迷子になっていた。

定住しないチェミフエヴィの人びとは、不毛の大地を移動する際に歌を頼りにしていた。歌は地名を場所の順に並べていくもので、地名が描写的で喚起力に富んでいるために、足を運んだことのない者でも歌を聞けばどんな場所かわかるのだった。「最近では経路をすべて覚えている者がおらず、場所が飛び飛びになっている歌もある」とキャロベス・レアードは述べている。「その歌はどこへ行くのだろう？」といえば「それはどこを通って行くのか？」という意味だという。歌は父や祖父から男性が受け継ぐもので、歌われる場所の狩猟権の保証にもなっていた。マンリーの証言とは裏腹に、みるべき場所と時間を心得ている者には豊かな獲物がいたようだ。「塩の歌」は一帯のいろいろな陸鳥がつくる群が移動する経路を語るもので、「一晩中移動をつづけ、真夜中にラスベガス、早朝にパーカーに着き、日の出にはもといた場所へ戻る。ほかの伝承歌と同じように、「塩の歌」の唄われる夜が短い場合は夜のうちに唄い終わるよう短くされる」。歌では、朝方になると鳥が群から離れ始め、整然とした言葉と場所の秩序に従うかのようにそれぞれの場所へ戻って行った。歌は夜の長さであり、世界の地図だった。そしてラスベガス一帯の不毛の大地は大いなる神話の〈物語られた場所〉なのだった。その南のモハーヴェ族にも、一晩、あるいは幾晩かの長さをもったカメの歌があった。

そのこととは奇妙に対照的に、マンリーと仲間の一人は、押し黙ったまま、立ち往生してしまった二つの家族の救援を求めてデスヴァレーを歩き抜けた。二人には小さな水筒しかなく、水はまもなく尽きたため、「何時間も一言も話さずに歩いた。できるだけ口を閉じて水分を失わないほうが乾きを抑えられるとわかっていたからだ」。あまりに口のなかが乾き、持ってきた干し肉を食べることもできず、なんとかみつけた一枚の小さな「窓ガラス」のような氷で喉の渇きを潤したあとに、ようやく自分たちの深刻な飢えを知ることになった。マンリーらが救援を探し、物資と脱出経路の情報を持ち帰るまでに二十三日間を要した。かつてこの二人の若者の能力と利他精神に託した希望をすっかり失くしていた一行は、喜びに劣らぬ驚愕の面持ちで彼らを迎えた。そして、あの近道への転進から四か月を経て一行全員が入植地へ辿りつき、地図のある世界へ、馴染みのある生活へと戻って行った。「あの過酷な旅のことはすべて記憶に刻まれて忘れようがない。一八九三年四月六日で七十三歳になるが、野営した場所をすべて示すこともできるし、もし体力が許せばデスヴァレーからロサンゼルスまで、あのうんざりするような道行きを完全に辿ることもできるだろう」。マンリーは回想録『一八四九年のデスヴァレー』にそう書き残している。実に彼らこそがその遭難の地〈死の谷《デスヴァレー》〉の命名者だった。

その〈物語られた場所〉、あるいはその少し北の鄙びた地域がどんな場所か、わたしは知っている。そこはわたしが初めて親しんだ砂漠で、その場所はわたしに書くことを教えた。二十代の後半のころ、わたしはネバダ核実験場を訪れるようになった。長年にわたって千発に上る核爆弾が炸裂してきた土地へ、核実験の反対を訴えるために数え切れない人びと、つまり西ショショーニ族と、非キリスト教徒と、モルモン教徒と、フランシスコ会修道士と、仏教徒と、アナキストと、クエーカー教徒の雑多な群とともに向かうようになった。この場所はまっすぐなひとつの物語ではなく、都に向けて収斂してゆく道路のような数多くの物語によって語られる必要があった。なぜなら、デスヴァレー・フォーティナイナーズ以来、何十年にもわたって数多くの歴史がそこへ辿りつき、まだ古いものもいくつか忘れ去られずに残されていたからだ。そこで出会った人びとは西部という大きな意味の家にわたしを招き入れ、そこからそう遠くない場所で拾い上げたカメはいつかわたしを古い家から連れ出してくれた。そのカメはこの大陸全体を指す古い名である海亀の島《タートル・アイランド》そのものだったのかもしれない。まるで大陸の全体が家だったかもしれないというように。わたしを四半世紀前に去ったはずのあの住宅から飛び出させたのは、場所が帯びていたこうした性質だったという気もする。

いま住んでいる場所から六ブロックか七ブロック北西の丘は、一八七〇年代に、すでに絶滅の縁にあった局所的な分布で知られるジャノメチョウの一種の最後の一匹が採集された場所だった。ゴールドラッシュ時代の人びとには好まれて然るべき人物もいたものの、彼らが積み重ねた影響は悲惨なものだった。人びとは熱に浮かされたように働いて手中に抱えうるものを——とりわけ鉱山から掘り出した何トンもの金を——かき集め、その代価として手中に留まらぬもの、彼らが所有さえしないものを支払ってしまった。それは金鉱採掘の泥と水銀に埋め尽くされ、その時代にすでに鮭の遡上を阻害し始めた大小の清流であり、精錬所のために切り倒された樹々であり、州旗のモチーフを残して一九二二年に絶滅したカリフィルニアハイイログマであり、暴力と疾病に蹂躙されたこの土地の部族がもっていた、金鉱掘りたちにとってはこの世に存在しないも同然の言語と物語だった。そうした飽くなき貪欲さと際限なく更新され洗練されてゆくテクノロジーが、世界のあらゆる人里離れた野生の地から富を絞り出し、枯渇させ、もはや買うものもなく使い切れないほどの金で銀行の金庫を満たしていった。そしていまでは欠乏が現実のものとなり、拡大しつつある。

新たに生み出されたものはそれなりに美しく、それらなりの複雑さを備えるようになった。だからこれは単なる道徳話《ばなし》と呼べるほど単純なものではない。あの蝶が消えていった丘の上にはカトリック系の大学があり、そこで高名な詩人の朗読と環境保護論者の主張を聞いたことがあった。そして、白い鳥籠のようなわたしのアパートから、その反対の方向へ二倍ほど行くと、西洋世界における仏教普及の中心のひとつになったサンフランシスコ・ゼン・センターがある。貧しい界隈にある煉瓦造りの端正な建物は、ずっと昔にユダヤ人女性のための住宅として建てられたもので、鉄製のバルコニーにはダビデの星が現役のままだ。あの真夏のカメの夢から四月ほどあとのこと、ある朝目覚めたわたしはそこへ行くときが来たような気がしていた。土曜日の朝の講話の時間に間に合い、小山のようなアフリカ系の男性の後ろに座った。彼が身じろぎするたびにみえ隠れする祭壇に興味を惹かれていった。その日誰かがいったことには、祭壇の上の石仏は遠い昔に消滅したアフガニスタンの国からやってきたということだった。わたしはちょうど、あの夢に何度も出てくる家から持ってきていた二枚のウールの毛布を、冬のアフガニスタンの救援物資としてクエーカー教徒に託したところだった。穏やかに正面を顔を向けたその像は、毛布が向かっている場所からこちらを見返しているようにみえた。なめらかな褐色の石肌が帯びていた乾きと堅固さは、侵食に削りとられて像の衣のように襞をなす岩山の連なりを、目の前にその場所があるかのように想起させた。

白髪混じりの短い髪をした痩せた男が蓮華座に座り、濃色の僧衣を整えると、前置きもなく、やわらかに、ゆっくりと、ゆったりとした間を取りながら話し始めた。「おはようございます。長い間、ここにお菓子を売りに来る人がいました。その菓子は缶に入ったチョコレートキャラメルで、チョコレートの小さなカメにみえました。ですので、わたしたちは彼をカメおじさんと呼んでいました。カメおじさんはここへ来て、わたしたちにそのとても甘い、キャラメルでコーティングされたチョコレートを売って行きました。カメおじさんは目がみえませんでした。盲人だったのです。ですので、わたしたちは一箱でなくて二箱買うようにしていました。買って事務所の机にもって行き、みんな甘過ぎるとは思っていたんですが、食べました。急いで。カメおじさんはもう何年もそうしていました。ほかの目のみえない人と同じように白い杖をもっていて、コツコツと叩きながら階段を上り、コツンとドアを鳴らして入ってきたものです。そしてわたしたちはいつものやりとりを交わして、彼は出て行きます。

ある日、ここから通りに出てすぐに、お願いします、お願いします、お願いします、という声が聞こえました。それはカメおじさんの声で、向こうの角に立っている姿がみえました。カメおじさんは通りを渡ろうとしていたのですが、その渡り方というのは、歩道の縁に立って、お願いします、と声を出し、誰かが渡るのを手伝ってくれるまでそういいつづけるのです。ずっとみていたわけではありませんが、カメおじさんは道路を渡るときにはどこでもそんなふうにしているのだろうと思いました。ただそこに立ち止まって、お願いします、お願いしますというのです。

それをみてわたしは思いました、これはすごい、こんなに素晴しい生き方があったのか、と。歩いていて、何かにぶつかる、そうしたらただ立ち止まって助けを求める。誰が聞いているか、そこに誰かいるかどうかもわからずに待っていると、そのうち誰かが現れて乗り越えるのを助けてくれる、そして、またすぐに何かにぶつかって、お願いします、お願

いします、お願いします、と呼びかけなければならないと知りながら、誰かいるのか、次の障害物を乗り越える手伝いをしてくれるのが誰になるのかもわからないままで、また歩きつづける。

それでもカメおじさんは箱入りのカメのお菓子を売りながら街を歩きまわることができ、ゼン・センターのようなところへのやってきて、二箱買ってもらうことができていたのです。

その人は、なんというか、たいしたものでした。わたしたちがほんとうは渋々買っていると知りつつ、でも二箱は買ってくれるとわかっていたのです。カメおじさんはよくわかっていた。彼をみかけると、いつも少しどきどきしたものです。ほとんど奇跡が起こっているようなものでした。重力とか、常識とか、わたしたちが当然と思っていることをまるで意に介していないように思えたのです。まるでカメおじさんはスーパーヒーローという感じで、彼が戸口に現れると少しわくわくして、嬉しくなったものでした。

もし心に小さなカメおじさんがいなかったとしたら、わたしたちは自分にかけている呪縛を打ち破ることができているでしょうか。でもそれはとても危ない考えでもあって、わたしたちのほとんどはカメおじさんのような訓練を積んでいません。カメおじさんには選ぶ余地がなかった。家で寝ているか、起き上がって乗り越えられないものにぶつかって、助けを求めるか。それが彼の選択肢だったのです。

たとえばわたしが自分の人生にほんとうに注意深くなると、今日この後に起こることも自分にはわからないし、それを乗り切る自信もあまりもっていないことに気づくでしょう。わたしたちの心はそういう考え方を呼び込んでしまいがちです。それは故ないことではありません。はっきりと知ることはできないけど、たぶん、いつもとそれほど違うことではないだろう、だから大丈夫だろう、そうやって、不安な可能性に分別ある答えで蓋をする。意識を研ぎ澄ませる訓練をしていくと、そうあって欲しいとわたしたちが思っている世のなかの道理よりもっと下のほうへ降りることができるようになり、驚くほど魅力的な世界がみえてきます。それはわたしたちが心のなかで繰り広げている対話や、内面を通り過ぎてゆく物語や、心を通り抜けていく感情のドラマです。そしてこの領域では、物事はそれほどきちんと整ったものではなく、あえていえば、安全でも道理に適ったものでもないということを知るようになります。そうした気づきの実践を何世紀も何世紀も、千年も二千年もつづけながら、人間は自分自身にこう問いかけてきたのです。さて、そこから何が飛び出してくるかと怖がりすぎず、かといってそこから顔を背けて独り善がりにならずにこの営みと関わっていくにはどうすればいいだろうか？　気づきというのはそんな繊細な実践なのです。

音が聞こえたとしましょう、あなたは「大きなトラックがあの辺を通っているな」と思います。〇・五秒くらいの出来事です。人をみると、その人がどんな人か勝手なお話をつくりあげる。わたしたちはそんなお話をこしらえながら自分なりの世界を組み立てているのですが、そうしたお話は自分をややこしいトラブルに巻き込んでしまう原因にもなります。ただし、気づきの練習をすることは、自分の世界をつくることをやめるということではありません。わたしたちにはもともとそうした性質が備わっていて、音を聞いてトラックだと思うのはそうしようと思ってやっているわけではないのです。気づきの練習は、それにしがみつく力を少し緩めて、すべて鵜呑みにすることをやめてみようということなのです。そうした少しシンプルな生き方においては、カメおじさんのように生きてもいい、つまり、先がわからないことがあってもいいし、何かに行き当たってしまってもいい。人生にはよくわからない部分があって、そういったことは不思議となんとかなってしまうものだと思ってしまってもいいのです。自分には助けが必要だということを受け容れて、助けを求めるのはむしろ寛大な行いだと思ってもいい。なぜかといえば、そのおかげでほかの人はわたしたちを助けることができるし、助けてもらうことをわたしたち自身が受け容れることもできるからです。ときには助けを求める側になり、ときには助ける側になる。そうするとこのぎすぎすとした世界はまったく違ったものになります。差し延べる手があり、それを受けとめる手がある、そんな世界になると、自分にだけみえているかっちりとして余裕のない世界で追い立てられることや絶望することがいくらかなりとも減るのです。寛大な世のなか、つまり助けの手が差し延べられる世界では、自分にみえている世界にあまりこだわる必要はないのです」

その何か月か後、わたしはシエラ山地の東側で、あの白い砂の世界から遠く離れて繁るジェフリーパインの森でキャンプをしながら、乾燥した土地に隠れている水を吸い上げる巨大な地下茎について語っていた。松ぼっくりが樹下にきれいな円を描いて落ちていて、この一帯には幾何学的な純粋さがあるようにさえ思えた。火山性の砂がつくり出した平坦な土地、背の高いまっすぐな樹、松ぼっくりの黒い円。陽に温められた樹皮が放つバニラかバタースコッチのような香りがあたりの静けさに甘く溶け込んでいて、そこにいるとそれが世界のすべてであるかのような、樹々は永遠にそこにあり、時間や歴史やらねばならぬことは地図から消えてしまったかのようだった。車中泊をした夜はひどく冷え込んだので、朝には洗い桶の水がカチカチに凍りついていた。前の年に同じところでキャンプをしたとき、わたしの車が道路から何マイルか入ったところの砂地で立ち往生してしまったことがあった。それは旅の道連れのありがたみを肌身に感じる素敵な思い出で、彼らはほとんどぼやきもせずに、大いに励ましながら脱出するのを手伝ってくれたのだった。凍えるようなこの晩、わたしは夢のなかで子ども時代の家の裏手に車で入ろうとして、またしても立ち往生してしまうのだが、その裏庭と住宅は知らない中年のアジア人女性のものになっていて、彼女は二階《セカンド・ストーリー》を増築していた。いまでは彼女の家なのだった。わたしがそこには入ろうとせずにいると、友人たちが車を動かすのを手伝いにこちらへ来ようとしていた。

そしてこの章を書こうとしているとき、わたしはその場所をもう一度、やはり外側から、夢のなかでみた。わたしたちは、プールの縁から突き出た装飾物のような岩の墓穴に父と祖母の心臓を葬ろうとしていた。プールの底には黒っぽい泥が溜まり、側面はまっすぐではなく波打つような形をして、大きな石で覆われていた。それは池になろうとしているのだった。肉屋の肉のようにジップロックに入った黒ずんだ二つの心臓がわたしの冷蔵庫のなかにしまってあった。どれくらいそこにあったのか、夢が説明するはずもなかった。どっちが大きいのかしら、夢をみながらわたしは考えていた、大きさで気前のよさとか体の大きさとか、病気による肥大とかわかるのかしら。二人はいずれも心臓の問題で死んだ。裏手の背の高い塀の節穴——もう忘れていたこの節穴は実際にあって、向こうにはクォーターホース〔競走馬の一種〕用の起伏のある小さな放牧場がみえていた——を覗いていると馬車が駆け抜け、力と命にはちきれそうな馬がどんどん速度を上げ、きらきらしながら走り去っていった。

その何か月か後、書きものをするために、子どものころに過ごした郡を半月ほど訪れた。北の端にあの住宅があった細長い郊外地帯ではなく、緑地と酪農家が点在する西部の辺境のほうだ。雁は南を目指して飛び、リンゴは樹の上で熟していて、ある日リッチという名のナチュラリストが鳥の観察に連れて行ってくれた。ねぐらの木にとまっているオジロトビのつがいをみていると、この鳥は絶滅したと思われていたが、いまではよく増えて生態学的地位《ニッチ》と生息地を拡大しつつあるのだと彼はいった。この鳥は翼の黒い帯を除くとハトのように眩しいほど白かったが、そのシルエットは凝縮された猛禽の獰猛さそのものだった。この鳥を天使の鷹と呼ぶ者もいる。つづけて何十羽というシギやチドリや水鳥、一羽のカワセミ、アシに隠れたアメリカササゴイの一羽がまだ羽ばたいている青いトンボを飲み下すところ、ウタドリ、そして古い水車用の貯水池の静かな水面に顔を出している一匹のカメをみつけた。傾いた横顔が水面に反射してV字の奇妙な物体になり、黄金色の二つの目がわたしたちを見返していた。道路からそれほど離れずに何箇所かを移動しながら、このガイドの目と話を通じてわたしがみていたのは、それまでの人生で幾度となく再訪したこの場所とはまったく別の場所だった。わたしの場所は植物と地形と光といくらかの人間の歴史によってつくられていた。彼のものにはそれぞれの暮らしを営む生き物がひしめき、それぞれの生きざまの文様がおそろしく複雑なつづれ織りを織り上げているのだった。

アイデアというものは、新しいものもあるが、たいていの場合はずっとそこにあったもの、部屋の真ん中に鎮座していた謎、鏡のなかの秘密を見出すことにすぎない。ときにはたったひとつの思いがけない考えが、それまでとは別のやり方で馴染みのある土地を渡ってゆく橋をかけてくれることがある。誰もが知っている世界のストーリーというのは、世界は蝕まれていて、それが次第にエスカレートして生物を地上から消してゆく、というものだ。リッチが語ったのは、ゴールドラッシュ以降にやってきた新参者がこの場所の動くものすべてを吹き飛ばしていったという百年間の別のストーリーであり、いまから半世紀前に終焉を迎えた時代の話だった。それで、と彼はいった、少なくとも北米では多くの生物種が戻ってきている、と。彼がいうには、開けた土地の多いこの郡ではコヨーテさえ局所的に絶滅していた。子どものころに歩き回っていた丘陵が、いまに比べれば何もなく静かな場所だったことにわたしは思い当たった。自分にとって楽園であり逃げ込む先だった場所は豊かさを奪われた土地なのだと考えると奇妙な気はしたが、そこに生えていた草が土着のものではないということはずっとわかっていた。

シカ、ヘラジカ、クマ、コヨーテ、ピューマといったよくみかける多くの動物が戻りつつあることはそれほど声高には語られることがない。ハヤブサやワシやミサゴをはじめとした、四、五十年前にDDTによって絶滅の縁に追いやられたたくさんの鳥たちも同じように帰ってきた。しかしこの郡で起こったのはそれ以上のことだった。この沿岸一帯のカリフォルニアアカシカは十九世紀の半ばからの四半世紀で狩猟によってほぼ絶滅し、カリフォルニアの生息地全体で数頭が残るのみとなった。生き残りは一八七四年にサンホアキン——デスヴァレー・フォーティナイナーズが砂歩き《サンドウォーキン》と呼んでいた谷地——の低木の生える湿地帯で、耕地開発のための排水事業の過程でみつかったものだった。二十世紀になって救済のための真剣な取り組みが始まり、わたしが実家と郡を離れた年に、十頭が沿岸地域にふたたび放たれた。以来、彼らは数百を越えるまでに数を増やし、現在の状況では種としては危機から脱している。

このアカシカのことは知っていたが、リッチの話を聞いていると、わたしにはそれまでみえていなかった、消滅のとば口をさまよってこの場所へ戻ってきたさまざまな動物の姿がみえてきたように思えた。ゾウアザラシは百五十年間にわたってこの沿岸部一帯に姿をみせておらず、一八九〇年までにはバハの一箇所を除くすべての繁殖地からも姿を消し、千頭前後まで数を減らした。ここで繁殖する一組の雌雄がみられるようになったのはカリフォリニアアカシカが戻った四年後のことだった。それから二十年後のいまでは、冬には郡のいちばん辺鄙な海岸にまで二千頭が押し寄せて喧嘩と日光浴と繁殖に励むようになり、世界ではあわせて十五万頭ほどになっている。カッショクペリカンとユキサギをはじめとする多くの水鳥も絶滅の瀬戸際から回復し、この地域には時期によっては北米の鳥の半数に上る二百種が暮らしている。何万年も隔離されていたうちにここだけの進化を遂げた亜種も多く、その数は絶滅危惧種やその恐れのある種を合わせたよりも多い。一帯の河で産卵するギンザケもそのひとつで、真冬の夕方、ほの暗い霧雨のなかで、金色の雌と深紅色の雄が浅瀬を遡上してゆくのをみたことがあった。

その後日、滞在していた家で、そうした生き物で豊かなこの土地が開発から保護されてきた経緯を解説している一冊の本をみつけ、その索引にわたしの父の名をみつけた。わたしたちは父が郡のマスタープラン策定を任じられたときにカリフォルニアに戻り、彼はその後の五年間、州にも連邦にも保護団体にも護られていなかった郡の西側の大部分を開発から保護するためのドキュメント作業に従事した。最初に市民の間で盛り上がった保護の気運が専門家の方針決定を後押しするのだが、重責の多くは保護規則の起案者にかかっていた。本では「マリン郡の類いまれなランドスケープを保全し、市街地のスプロールを防ぐために「自然によるデザイン」という手法を用いた、革命的というべき同郡の全域計画」と紹介されていた。わたしの本棚にもあるこの環境保護計画は、遊び紙に引用している「ここが最後の場所だ／ほかに行くあてはない」というルー・ウェルチの詩を踏まえて『最後の場所は持続できるか？』というタイトルがついていた。いまのところ、ウェルチとは違って最後の場所は持ち堪えている。ウェルチのほうはといえば、一九七一年にシエラネバダの原野に分け入ったきり消息を絶ったままだ。

計画は「五十七回の公聴会を経て一九七三年に採択された。……この計画は有能な郡の起案担当者ポール・ズッカーとアル・ソルニットによる優れた構想だった。ズッカーは出世競争に破れたのちに失職し、ソルニットは開発業者や敵対メディアから激しく攻撃された。しかし計画は市民の支持を受け、細かい見直しを経ながら二十五年以上にわたって機能しつづけている」。わたしが九歳のころのある夏の晩、遅く帰ってきた父は台所のカウンターに放置されて酸いた匂いを放っていたチョコレートミルクのグラスをみつけた。チョコレートミルクを飲むのはだいたいわたしだったので、その不始末に激昂した父はグラスをもってわたしの部屋に直行し、電灯を点けるなり眠っているわたしの顔にぶちまけたので、目を覚ましたわたしはぽたぽたそれを滴らせながら頭上で吠えている大男に対面する破目になった。（チョコレートミルクが兄のものだったことはたいした問題ではない、そこではすべてが実に出鱈目な摂理に支配されていた）。先の文章を読んで思い当たったのは、父はそうした腑の煮えるような、そして地域の命運のかかった会合から帰ってきたところだったということだ。

その住宅は大きな場所のなかの小さな場所、大きな物語のなかの小さな物語だった。想像してほしいのは、その建物では酷いことが起きていたけれど、それは郡というより大きなスケールで進行する贖いに結ばれていて、さらにそれは国や世界で進行する暴力的な抹消過程への反動でもある、そんなマトリョーシカのように入れ子になった物語だ。わたしは四半世紀前にその住宅を去り、ここ一年くらいで夢のなかでも外に出てきたが、その郡はわたしが繰り返し戻ってくる場所になり、戻ってきている間にわたしにはこうした物語の入れ子と、戻ってきた動物たちが少しずつみえてきた。天使の鷹をみた日の数日前、わたしはカリフォリニアアカシカを再訪した。彼らの多くはこの人里離れた土地のなかでも

第9章　平屋の家
One-Story House

いちばん辺鄙な、北を指す指のような細い半島に生息し、岬の根本に指輪のように巡らされた高さ一〇フィートのフェンスによって外の世界から隔絶されている。その半島の突端に立ったわたしは、世界の終わりは時間であると同時に場所でもあるのだと気づかされた。彼らは草地とドームのような形をしたルピナスの灌木の間にくつろいでいた。数頭の牡を交えた牝のアカシカの群と、若い牡の群があり、こちらの音を聞きつけて彼らがそそくさと立ち上がると、その角がまるで立ち上がる森のようにみえた。世界の果ては、吹き荒ぶ風と裏腹に穏やかで、砂の断崖の下には波に洗われた暗色の岩に黒い鵜と赤いヒトデがみえ、そのすべての向こうに海が遠く、さらに遠くへと広がっていた。

訳者あとがき

本書はRebecca Solnit, *A Field Guide to Getting Lost* (Viking, 2005)の全訳である。

レベッカ・ソルニットは多作な作家であり、邦訳されたものだけでも、

『暗闇のなかの希望　非暴力からはじまる新しい時代』（七つ森書館、二〇〇五年、原著二〇〇五年）

『災害ユートピア　なぜそのとき特別な共同体が立ち上がるのか』（亜紀書房、二〇一〇年、原著二〇〇九年）

『ウォークス　歩くことの精神史』（左右社、二〇一七年、原著二〇〇〇年）

『説教したがる男たち』（左右社、二〇一八年、原著二〇一四年）

と、これまで人の目には触れていながらも正面から主題に掲げられることのなかった事物を鋭利に、かつ大胆に俎上に上げてきた。そして訳書が増えるにつれて、ソルニットの著

作の幅広さも知られつつある。未訳を含めれば、歴史的な対象について膨大な史料や文献を参照して書かれたもの、同時代の社会への関心を掘り下げるもの、その問題意識を積極的に世に問いかけるもの、コラボレーションしながら都市の新しい地図帳をつくるシリーズなど、二十を越える著作にはその関心の広がりと自在な書き手としての特徴が表われている。直近の訳書と比較するとやや遡った原書の紹介となる本書は『暗闇のなかの希望』と同じ時期に書かれたもので、書き方もややこれに近い。

原題を言葉どおりに日本語にすれば「迷子になるためのフィールドガイド」という感じになるが、読み進めるにつれ本書で扱われている〝Getting Lost〟はまず文字通りに人間が失われたものとなること、つまりさまざまな具体的、内面的な回路を通って人が迷う、紛れる、失われる、消える、見えなくなることであり、「迷う」といったときに連想される遭難や迷子といった事象はその一部に含まれているにすぎないということがわかる。さらに、その主語は必ずしも人ではなく、物や動物たちが失われることについても触れられている。

自分を主語に置きつつ自らを失われたものとする。それを未知と出会うためのひとつの方法、ありうる指針と捉え、ソルニットは自らを通じた壮大な想起の旅へ、自らの内にある未知に触れる旅に出る。そこに現れるのは失踪、消滅、変身への憧れ、危うさ、あるいはそこにある哀切とラディカリズムであり、そして遠さと近さの間に風景とともに見出される時空の奥行きと隔たりだ。

　本書の特徴に、これまで紹介されているレベッカ・ソルニットの作品に比して私的な色彩が濃いことがあるように思う。アカデミズムと異なる場に身をおき、自らの経験や身体、あるいは場所といったものから思索を展開することの多いソルニットの文章は、常に個人的な世界とその外側にある世界を架橋しながら書かれており、それぞれの著作にすこしずつ彼女の人生や人となりが反映されているように感じられるのだが、本書はそうした中でも特に著者の間近で、その内面の声を聞くような印象がある。

　とりわけ、著者が自らの、そしてアメリカという版図の出自を覗き込むときに見えてくる凄絶な自失の風景が印象的に映る。例によってスケールも肌理もさまざまな歴史を移ろいながら捉えがたい輪郭を巡る九つの文章を連ね、切れ目のない断章のような本を編むことでつくられたこの本は、いわば私史と、人びとの歴史と西部の自然を同じ糸で織るような稀有な試行であり、彼女の著作のうちでも親密に著者を映したものだという気がした。

　なお本書では写真・絵画・地図などを契機に書かれた部分が少なくないが、原書にはいっさい図版はなく、訳書においてもあえて掲載するということをしなかった。翻訳にあたっては、参照されているものが確かにわかるものについては、可能なかぎり図版を確認しつつ著者の言葉をたどるようにした。ルネサンス絵画からシアノタイプまで「青」という色に関連して触れられる作品群をはじめとして、そのひとつひとつが実に魅力的なものであったので、興味をもたれた方はぜひ各人でインターネットを検索するなどしてその魅力を発見して欲しい。

引用文として既訳のある文献が引かれる場合には、先覚の仕事を適宜参考にしつつ訳者の責において訳出した。また原著には脚注はないが、本文中、最低限の訳注を〔 〕内に記している。

最後に『ウォークス』に引きつづいて編集を担当してくださった左右社の東辻浩太郎さん、小柳学さんには心より御礼を申し上げます。

二〇一九年春　東辻賢治郎

Traditional Life among the Choinumne Indians of California's San Joaquin Valley（Heyday Books and California Historical Society, 1993）.
パット・バーカーの小説は Pat Barker, *Regeneration*（Viking Press, 1991）.

第5章　手放すこと
デヴィッド・ヴォイナロヴィッチについては以下より. David Wojnarowicz, *Close to the Knives: A Memoir of Disintegration*（Vintage, 1991）〔デヴィッド・ヴォイナロヴィッチ『ナイフの刃先で』（渡辺佐智江訳, 大栄出版 1995年）〕.
詞を引用したザ・クラッシュの楽曲は「ロンドン・コーリング」（1979年）.

第6章　隔たりの青
取り上げた楽曲は以下の通り.
"Would You Lay with Me（In a Field of Stone）"（デヴィッド・アレ・コー作）.
"Walking After Midnight"（ドン・ヘフト, アラン・ブロック作）.
"Long Black Veil"（ダニー・ディル, マリジョン・ウィルキンス作）.
"No Man's Land"（ボブ・ディラン作）
アイザック・ディネーセン（カレン・ブリクセン）の小説は以下の作品. Isak Dinesen, "The Young Man with the Carnation" in *Winter's Tales*〔カレン・ブリクセン『冬物語』（渡辺洋美訳, 筑摩書房 1995年）に「カーネーションをつけた青年」として所収〕.

第7章　二つの鏃
『めまい』のマデリンの台詞は以下を参照した. Jeff Craft and Aaron Leventhal, *Footsteps in the Fog: Alfred Hitchcock's San Francisco*（Santa Monica Press, 2002）.

第8章　隔たりの青
イヴ・クラインについて参照したものは以下. *Yves Klein, 1928–1962: A Retrospective*（Institute for the Arts, Rice University, 1982. トマス・マケヴィリーの優れた論説はこれに収録）; Nicholas Charlet, *Yves Klein*（Vilo Publishing, 2000. クラインの友人ピエル・レスティニによる序文あり）; Sidra Stich, *Yves Klein*（Hatje Cantz Publishers, 1994）.
地図とその歴史については以下を参照している. Peter Whitfield, *New Found Lands: Maps in the History of Exploration*（Psychology Press, 1998）; R. A. Skleton, *Explorers' Maps*（Praeger, 1958）; Lloyd Arnold Brown, *The Story of Maps*（Courier Corporation, 1979）; John Leighly, *California as an Island: An Illustrated Essay*（San Francisco: Book Club of California, 1972）; Glen McLaughlin with Nancy H. Mayo, *The Mapping of California as an Island*（California Map Society, 1995）; Peter Turchi, *Maps of the Imagination: The Writer as Cartographer*（Trinity University Press, 2004.　ジャン・バティスト・ブルギニョン・ダンヴィルの引用はこれに拠る）.
スラヴォイ・ジジェクの引用はドナルド・ラムズフェルドへの応答として書かれた以下の論説より. Slavoj Žižek, "Between Two Deaths", *London Review of Books*, June 3, 2004.

第9章　平屋の家
キャロベス・レアードについては以下より. Carobeth Laird, *Encounter with an Angry God: Recollections of My Life with John Peabody Harrington*（Malki Museum Press, 1975）〔キャロベス・レアード『怒れる神との出会い』（一ノ瀬恵訳, 三省堂 1992年）〕; Id., *The Chemehuevis*（Malki Museum Press, 1976）.
ウィリアム・マンリーについては以下より. William Lewis Manly, *Death Valley in '49*（初版1894年, 多数の復刊あり）.
サンフランシスコ・ゼン・センターの講話はポール・ハラー住職（Abbot Paul Haller）によるもの.
著者の父について言及していた書籍は以下. L. Martin Griffin, *Saving the Marin-Sonoma Coast*（Sweetwater Springs Press, 1998）.

参照文献
Sources

この本を書くにあたって、以下の文献・楽曲などを参照した。

第1章　開け放たれた扉

エドガー・アラン・ポーの言葉は "The Daguerreotype"(1840) より. 出典は Jane M. Rabb, *Literature and Photography: Interactions 1840-1990* (Albuquerque: University of New Mexico Press, 1995), p. 5.

ヴァルター・ベンヤミンの言葉は「ベルリン年代記」より. 出典は Walter Benjamin, *Reflections: Essays, Aphorisms, Autobiographical Writings*, translated by Edmund Jephcott, edited by Peter Demetz (New York: Schocken, 1986)〔「ベルリン年代記」『ベンヤミン・コレクション6』(ちくま学芸文庫 2012年)〕.

ダニエル・ブーンの言葉を引いている文献は枚挙に暇がない. 引いた内容については後に85歳のブーンの肖像を描いた画家チェスター・ハーディングに語ったものとされており, いくかのバージョンがみられる.

ドロシー・リーの引用は Dorothy Lee, *Freedom and Culture*, 1959 より〔ドロシー・リー『文化と自由』(宮嶋瑛子訳, 思索社 1985年)〕.

カリフォルニア先住民言語の保全や復興については以下を参照した. Kerry Tremain, "A Faith in Words", in the University of California, Barkeley, alumni magazine, *California Monthly*, September 2004.

ジェイム・デ・アングロの言葉は以下に収録の Bob Callahan の序文から. Bob Callahan, ed., *A Jaime de Angulo Reader* (Berkeley: Turtle Island Press, 1979).

第2章　隔たりの青

ロバート・ハスの言葉は Robert Hass, *Praise* (Ecco Press, 1990) に収録の詩 "Meditations at Lagunitas" より.

シモーヌ・ヴェイユの言葉は『重力と恩寵』から. 以下を典拠とした. Francine du Plessix Gray, *Simone Weil* (New York: Viking Press, 2001)〔フランシーヌ・デュプレシックス・グレイ『シモーヌ・ヴェイユ』(上野直子訳, 岩波書店 2009年)〕.

ここで遠方の青を描いた絵画として挙げた作品は, ワシントン・ナショナル・ギャラリー所蔵のダ・ヴィンチ作品を除いてすべてルーヴル美術館に所蔵されている.

ヘンリー・ボスの写真帖は以下として刊行されている. Charles Wehrenberg, *Mississippi Blue: The Photographs of Henry P. Bosse* (Twin Palms Publishers, 2002).

ゲイリー・ポール・ネブハンの引用は以下より. Gary Paul Nabhan and Stephen Trimble, *The Geography of Childhood* (Beacon Press, 1995).

第3章　ヒナギクの鎖

軌跡としての「空」については以下を参照した. Stephen Batchelor, *Buddhism without Beliefs* (Riverhead Books, 1997)〔スティーブ・バチェラー『ダルマの実践 現代人のための目覚めと自由への指針』(藤田一照訳, 四季社 2002年)〕.

第4章　隔たりの青

取り上げた人物に関する記録や証言の典拠は以下の通り.

カベサ・デ・バカ:Alvar Nunez Cabeza de Vaca, Cyclone Covey (tr. & ed.), *Cabeza de Vaca's Adventures in the Unknown Interior of America* (University of New Mexico Press, 1983).

ユーニス・ウィリアムズ:John Demos, *The Unredeemed Captive* (Alfred Knopf, 1994).

メアリ・ジェミソン:Frances Roe Kestler, *The Indian Captivity Narrative: A Woman's View* (Garland Pub., 1990).

シンシア・アン・パーカー:Margaret Schmidt Hacker, *Cynthia Ann Parker: The Life and the Legend* (Texas Western Press, 1990).

トマス・ジェファーソン・メイフィールド:Thomas Jefferson Mayfield, *Indian Summer:*

レベッカ・ソルニット　Rebecca Solnit

一九六一年生まれ。作家、歴史家、アクティヴィスト。カリフォルニアに育ち、環境問題・人権・反戦などの政治運動に参加。一九八八年より文筆活動を開始する。歩くことがいかに人間の思考と文化に深く根ざしているか広大な人類史を渉猟する『ウォークス　歩くことの精神史』、エドワード・マイブリッジ伝 *River of Shadows*（全米批評家協会賞）、ハリケーン・カトリーナを取材した『災害ユートピア』、「マンスプレイニング」という語が世界的に広がるきっかけとなった『説教したがる男たち』、トランプ時代のアメリカを論じた『それを、真の名で呼ぶならば』など多分野にわたり二十を越す著作がある。

東辻賢治郎　とうつじ・けんじろう

一九七八年生まれ。翻訳家、建築・都市史研究。関心領域は西欧初期近代の技術史と建築史、および地図。訳書にソルニット『ウォークス　歩くことの精神史』『私のいない部屋』がある。

迷うことについて

二〇一九年五月一〇日　第一刷発行
二〇二三年六月三〇日　第二刷発行

著者　レベッカ・ソルニット
翻訳　東辻賢治郎
発行者　小柳学
発行所　株式会社左右社
一五一-〇〇五一
東京都渋谷区千駄ヶ谷三-五五-一二ヴィラパルテノン
TEL. 〇三-五七八六-六〇三〇　FAX. 〇三-五七八六-六〇三二
https://www.sayusha.com
装幀　松田行正＋杉本聖士
印刷所　創栄図書印刷株式会社

ISBN978-4-86528-234-4

レベッカ・ソルニットの本

ウォークス　歩くことの精神史

本体四五〇〇円＋税［四刷］

歩くことは思考と文化に深く結びついた創造力の源泉だ。二足歩行と都市計画、ルームランナーと迷宮、ウォーキングクラブ。人類史を自在に横断し、壮大なテーマを描き切る現代アメリカ随一の書き手による歴史的傑作。

説教したがる男たち

本体二四〇〇円＋税［四刷］

よくある「マンスプレイニング」の背景には世界の深い裂け目がある。女性たちの口を噤ませる暴力に抗い、想像力と言葉を武器に立ち上がる勇気を与える希望の書。#MeToo へと続く大きなうねりを準備した世界的ベストセラー。

わたしたちが沈黙させられるいくつかの問い

本体二三〇〇円＋税

「ご結婚は?」「ご主人は?」「奥さまは?」「お子さんは?」……。わたしたちはいつも、無数の問いにさらされ、黙らされてきた。近年のフェミニズムの大きな動きのなかで綴られた、沈黙と声をあげることをめぐるエッセイ集。

私のいない部屋

本体二四〇〇円＋税

父のDVから逃れるように家を離れ、サンフランシスコの安アパートに見つけた自分の部屋。女に向けられる好奇や暴力、理不尽の数々を生き延び、四半世紀暮したその部屋でやがて作家になってゆくまでを語る自叙伝。